13 aventures de don Quichotte

Adaptées par MICHEL LAPORTE

D'après CERVANTÈS

13 aventures de don Quichotte

Illustrations de Fred Sochard

Castor Poche Flammarion

87, quai Panhard-et-Levassor – 75647 Paris Cedex 13
ISBN : 978-2-0812-1093-6

Avant-Propos

Quand on cherche le nom dans le dictionnaire, on découvre qu'un don quichotte est celui qui « se fait à tout propos, et même hors de propos, le redresseur des torts, le défenseur des opprimés ; qui soutient, dans un esprit généreux et chimérique, une cause qu'il n'a pas les moyens de faire triompher ». Tout un programme !*

* Définition librement inspirée du *Grand Robert*.

En y regardant mieux, on découvre aussi que don Quichotte est, avant tout, le personnage principal d'un roman. Et quel roman!

Tout au long de 2005, l'Espagne entière a fêté le quatre centième anniversaire du plus populaire de ses héros. C'est en effet en 1605 qu'est paru à Madrid El Ingenioso Hidalgo Don Quijote de la Mancha *(L'Ingénieux Hidalgo Don Quichotte de la Manche). Le succès de l'ouvrage a été grand d'emblée puisqu'on l'a très vite réimprimé plusieurs fois dans diverses villes de la péninsule Ibérique. Sa première traduction en français date de 1614.*

En octobre 1615 a paru le second tome de Don Quichotte. *Le succès fut de nouveau au rendez-vous, la traduction en français se faisant, cette fois, attendre trois ans seulement. L'auteur prit soin d'y faire mourir son chevalier errant, pour l'empêcher d'avoir de nouvelles aventures à son insu. Il faut dire qu'un an plus tôt, un plagiaire avait publié un autre roman qui mettait en scène les personnages de don Quichotte et Sancho, privant ainsi son auteur d'une part de sa gloire littéraire et le spoliant du profit qu'il pouvait espérer de la deuxième partie de son œuvre.*

Cet auteur — le vrai — qui était-il ? Un aventurier dont la vie fut presque aussi mouvementée que celle de ses héros. Il s'appelait Miguel de Cervantès Saavedra. Il est né en 1547 à Alcalá de Henares * *même si, longtemps, six autres cités ont prétendu à l'honneur d'être de sa ville natale. On ne sait pas grand-chose de sa jeunesse sinon qu'il était pauvre ce qui l'amena à se faire soldat. Il participa à la bataille de Lépante contre l'Empire ottoman et y perdit la main gauche, d'un coup d'arquebuse.*

Après avoir pris part à diverses campagnes, Cervantès fut capturé par les Barbaresques et emmené comme esclave à Alger. Il tenta de s'évader à quatre reprises puis retrouva finalement l'Espagne au terme de cinq ans de captivité. Par la suite, en plus de ses activités littéraires, il exerça divers métiers dont celui de collecteur de taxes qui

* Une ville historique et universitaire située à trente kilomètres de la capitale espagnole, Madrid.

l'amena à parcourir les campagnes espagnoles. Ce fut ainsi qu'il arpenta les chemins de la Manche * *où il fut même emprisonné pour une affaire mal éclaircie de découvert bancaire. Il semble que ce fut là, en prison, qu'il commença à écrire les aventures de don Quichotte.*

Il est mort le 23 avril 1616, moins d'un an après son immortelle création, et le même jour qu'un autre génie, anglais celui-là, William Shakespeare.

La noble folie de Don Quichotte a inspiré les créateurs en tout genre. Ses aventures ont été à l'origine de plusieurs films, d'opéras, de comédies musicales, de ballets, de chansons, d'œuvres symphoniques, de pièces de théâtre, de livres en quantité, sans parler d'une très grande abondance d'images, gravures et tableaux.

De l'avis de tous les connaisseurs, Don Quichotte *est un des plus extraordinaires*

* Il va sans dire qu'il s'agit de la province du centre de l'Espagne et non pas du département français (chef-lieu : Saint-Lô).

romans jamais écrits. En voici quelques passages qui racontent treize aventures survenues au gentilhomme de la Manche. Elles n'ont pas la prétention de rendre compte du livre de Cervantès, qui est infiniment riche et varié. Elles permettront cependant aux lecteurs et aux lectrices de vérifier que nous portons tous un don Quichotte — et un Sancho Pança — en nous, qui ne sommeillent jamais que d'un œil.

Aventure 1

En un lugar de la Mancha, de cuyo nombre no quiero acordarme, no ha mucho tiempo que vivía un hidalgo de los de lanza en astillero, adarga antigua, rocín flaco y galgo corredor. Una olla de algo más vaca que carnero, salpicón las más noches, duelos y quebrantos los sábados, lentejas los viernes, algún palomino de añadidura los domingos, consumían las tres partes de su hacienda. El resto de ella concluían sayo de velarte, calzas de velludo para las fiestas, con sus pantuflos de lo mismo, y los días de entre semana se honraba con su vellorí de lo más fino.

Tenía en su casa una ama que pasaba de los cuarenta, y una sobrina que no llegaba a los veinte, y un mozo de campo y plaza, que así ensillaba el rocín como tomaba la podadera. Frisaba la edad de nuestro hidalgo con los cincuenta años. Era de complexión recia, seco de carnes, enjuto de rostro, gran madrugador y amigo de la caza.

Qui présente l'ingénieux hidalgo don Quichotte de la Manche et raconte comment il se fit armer chevalier.

Dans un lieu-dit de la Manche, dont je ne veux pas me rappeler le nom, vivait il n'y a pas si longtemps un hidalgo, de ceux qui ont lance au râtelier, antique bouclier rond, cheval efflanqué et lévrier bon coureur. Une marmite avec plus de vache que de mouton, un saupiquet presque chaque soir, des œufs au lard le samedi, le vendredi des lentilles et le dimanche un pigeonneau en plus de l'ordinaire consumaient les trois quarts de son revenu. Le reste s'employait à une casaque de drap noir, des chausses de velours pour les jours de fête, avec ses pantoufles de même étoffe, et les jours de la semaine, il se satisfaisait de tissu gris des plus fins.

Il avait chez lui une gouvernante qui avait passé quarante ans, une nièce qui n'en avait pas encore vingt et un garçon de ville et de campagne, qui sellait le bidet aussi bien qu'il prenait la serpette. L'âge de notre hidalgo frisait la cinquantaine. Il était de complexion robuste, sec de corps, maigre de visage, fort matinal et ami de la chasse.

Il faut savoir que dans les moments où notre homme était oisif, c'est-à-dire la plus grande partie de l'année, il lisait des romans de chevalerie, et ce avec tant de passion qu'il en vint à oublier presque totalement le plaisir de la chasse et, même, l'administration de ses biens. Il poussa sa curiosité et sa passion si loin qu'il vendit plusieurs arpents de terre à blé pour acheter des livres de chevalerie et qu'il remplit sa maison de tous ceux qu'il parvint à trouver. Leur style d'une parfaite clarté le ravissait, en particulier les nombreux passages de galanterie et les proclamations de défi où il trouvait écrit : « La raison de la déraison qui se fait à ma raison à tel point affecte ma raison qu'avec raison je me plains de votre beauté » ou encore : « Les beaux cieux qui de votre divinité divinement vous fortifient et vous rendent méritante des mérites que votre grandeur ne manque pas de mériter. »

À lire ces propos et quantité d'autres du même genre, le pauvre homme perdait la raison. Il se torturait l'esprit pour essayer d'en comprendre le sens, ce qu'Aristote en personne n'aurait pas pu faire s'il était ressuscité tout exprès pour ça.

Il n'était pas d'accord non plus sur les blessures que les héros de ses livres recevaient. Il pensait en effet qu'aussi habiles que fussent les chirurgiens qui les soignaient, ils ne pouvaient manquer d'avoir le visage et le corps recouverts de cicatrices et de balafres, ce qui n'était nulle part mentionné dans ses ouvrages.

Notre hidalgo s'acharna tant et tant à sa lecture qu'il y passa ses jours, du matin au soir, et ses nuits, du soir au matin. De telle sorte qu'à force de dormir peu et de lire beaucoup, il se dessécha le cerveau et finit par perdre l'esprit. Il s'encombra l'imagination de tout ce qu'il trouvait dans les livres, tant des enchantements que des querelles, des défis, des batailles, des blessures, des passions, des amours, des tourments et de toutes les sortes d'extravagances impossibles. Et il se mit si bien en tête que toutes ces inventions livresques étaient vraies qu'il finit par croire qu'il n'existait rien au monde de plus réel.

Il disait, par exemple, que le Cid, en reconquérant l'Espagne, s'était montré bon capitaine, mais qu'il n'égalait pas le chevalier de l'Ardente-Épée lequel, d'un seul coup d'espadon, avait coupé par le milieu deux farouches géants. Il disait du bien du géant Morgan car, à l'inverse de ceux de sa race qui sont arrogants et malpolis, il était aimable et courtois. Quant à Ganelon qui avait trahi Roland et causé sa mort à Roncevaux, il aurait volontiers donné sa gouvernante pour lui administrer une volée de coups de pied, et sa nièce, par-dessus le marché.

Finalement, ayant tout à fait perdu la raison, il eut l'idée la plus folle qui germa jamais dans la cervelle d'un fou. Il considéra comme nécessaire à sa gloire et au bien de son pays de devenir chevalier errant. Et il résolut de s'en aller parcourir le monde, avec son cheval et sa lance, pour chercher des aventures et faire ce qu'il avait lu que faisaient les chevaliers errants : redresser toutes sortes de torts et s'exposer à toutes sortes de périls pour acquérir une éternelle renommée.

La première chose qu'il fit fut de nettoyer des armes qui avaient appartenu à ses bisaïeux. Comme elles étaient oubliées dans un coin depuis plusieurs siècles, elles se trouvaient toutes moisies et rongées de rouille. Il les frotta et les raccommoda du mieux qu'il put. Mais il s'aperçut qu'elles présentaient un grave défaut : au lieu d'un heaume complet, il ne restait qu'un casque plat. Alors son ingéniosité y remédia. Avec du carton il fabriqua une espèce de visière qui, enchâssée dans ce qu'il restait du casque, formait un heaume complet, en apparence.

Il est vrai que pour voir si la visière résisterait à un coup d'épée, il lui en donna deux avec la sienne, et que le premier fut suffisant pour détruire à l'instant le travail d'une semaine entière. Cette fragilité lui déplut vivement. Pour se garantir contre un tel inconvénient, il la refit en la garnissant, au-dedans, de bandes de fer. Très satisfait de sa solidité, il ne voulut pas faire de nouvel essai et considéra l'ensemble comme un casque articulé de la meilleure trempe.

Cela fait, il rendit visite à son cheval. La pauvre bête avait plus de défauts que de membres et n'était guère qu'une peau sur des os, mais il lui sembla qu'aucune monture, même parmi les plus célèbres, ne l'avait jamais value. Il passa quatre jours à ruminer quel nom il lui donnerait, « car, se disait-il, il ne serait pas juste que la monture d'un chevalier aussi célèbre que moi n'ait pas un nom remarquable ». La raison voulait du reste que le cheval change de nom en même temps qu'il changeait de fonction et qu'il en prenne un retentissant, mieux en rapport avec la nouvelle situation de son cavalier.

Après avoir formé, fait et défait une grande quantité de noms dans son imagination, il l'appela Rossinante. Un nom qui, à son avis, était haut et sonore, et qui signifiait clairement qu'il devenait désormais la première de toutes les rosses du monde.

Ayant donné à son cheval un nom tellement à son goût, il voulut s'en donner un à lui. Cette pensée l'occupa pendant huit autres jours, au bout desquels il décida de s'appeler don Quichotte. Et, se souvenant que le valeureux Amadis avait ajouté à son nom celui de sa patrie afin de le rendre plus célèbre, il résolut d'ajouter le nom de son pays au sien, et de s'appeler don Quichotte de la Manche.

Ayant donc fourbi ses armes, fait du casque plat un casque à visière, donné un nom à son cheval et modifié le sien, il se persuada qu'il ne lui restait plus qu'à chercher une dame dont il devienne amoureux. Car un chevalier errant sans amours serait pareil à un arbre sans feuilles ni fruits, à un corps sans âme.

Il se disait : « Si je rencontre quelque géant comme cela arrive d'ordinaire aux chevaliers errants et que je l'abatte d'un coup de lance ou que je le coupe par la moitié du corps, ne sera-t-il pas bon d'avoir quelqu'un à qui l'envoyer se présenter ? Et qu'il entre et se mette à genoux pour dire d'une voix humble : "Je suis le géant Caraculiambro que le très glorieux chevalier don Quichotte de la

Manche a vaincu en combat singulier. Il m'a ordonné de me présenter devant vous afin que Votre Grandeur dispose de moi."»

Oh! que notre chevalier se réjouit quand il eut achevé ce beau discours et plus encore quand il eut trouvé qui il pourrait désigner du doux nom de sa dame!

Il y avait, semble-t-il, dans les environs, une fille de paysan jeune et plutôt avenante. Il en avait été vaguement amoureux autrefois, sans que, comme on s'en doute bien, elle en ait jamais rien su et qu'elle s'en soit souciée plus. Elle avait pour nom Aldonsa Lodenzo. Ce fut à elle qu'il jugea bon d'accorder le titre de «dame suzeraine de ses pensées». Lui cherchant alors un nom assorti au sien et qui sente la grande dame et la princesse, il décida de l'appeler Dulcinée du Toboso, parce qu'elle était native de ce village. Ce nom, à son avis, était musical, rare et plein de sens, comme ceux qu'il avait donnés à sa monture et à lui-même.

Ces préparatifs achevés, il ne voulut pas attendre davantage pour mettre son projet à exécution. Il se sentait pressé, en effet, pour cette raison que son retard ne manquerait pas de causer au monde d'irréparables dommages tant il escomptait redresser de torts, venger d'offenses et corriger d'abus.

Ainsi, sans avoir parlé de ses intentions à quiconque et sans que personne le voie, un matin, avant le jour (c'était au plus chaud du mois de juillet), il s'arma de toutes pièces, monta sur Rossinante, coiffa son casque, passa au bras son bouclier, saisit sa lance et, par une porte dérobée de la basse-cour, sortit dans la campagne.

D'abord, il se réjouit de constater combien il lui avait été facile de se lancer dans sa noble entreprise. À peine fut-il parvenu au milieu des champs, cependant, qu'une terrible pensée l'assaillit et manqua bien le faire renoncer : il se souvint qu'il n'était pas armé chevalier. Ainsi, selon les lois de la chevalerie, il n'avait le droit d'affronter aucun autre chevalier.

Cette pensée le fit un moment chanceler dans sa résolution mais, comme sa folie était plus forte que tout, il résolut qu'il se ferait armer chevalier par le premier qu'il rencontrerait. D'après ce qu'il avait lu dans les livres qui avaient causé sa folie, plusieurs autres avaient fait de même avant lui.

Cette perspective le calma et il poursuivit son chemin qui n'était autre que celui sur lequel son cheval le menait car il était persuadé que cela constituait l'essence des aventures.

En cheminant, notre nouvel aventurier se parlait en ces termes : « À peine le blond soleil avait-il étendu sur la terre les tresses dorées de sa chevelure que l'illustre chevalier don Quichotte de la Manche, délaissant l'oisiveté de son lit, monta sur son fameux cheval Rossinante et prit sa route à travers la célèbre plaine de Montiel. » (C'était le nom de l'endroit où il se trouvait.)

Puis il se mettait à dire, comme s'il était réellement amoureux : « Ô princesse Dulcinée, dame de ce cœur captif ! vous m'avez causé grand chagrin en me chassant et en m'ordonnant de ne plus paraître devant votre beauté. Plaise à vous, madame, de vous ressouvenir de ce cœur qui endure tant d'angoisses et de peine pour l'amour de vous ! »

À ces folies il en ajoutait quantité d'autres, toutes dans le style de ce qu'il avait lu dans ses livres car il s'efforçait d'imiter leur langage. Et avec cela, il avançait lentement, et le soleil qui s'élevait était si brûlant qu'il aurait suffi à lui faire fondre la cervelle, s'il lui en était resté un tant soit peu.

Il marcha tout le jour sans qu'il se passe rien de notable. Lui s'en désespérait car il aurait voulu rencontrer tout de suite quelqu'un avec qui faire l'essai de la vigueur de son bras.

Au coucher du soleil, chevalier et cheval étaient tous deux harassés et mouraient de faim. Don Quichotte regarda de tous côtés, cherchant un château ou une cabane de berger où il trouverait à se loger et à se rassasier. Enfin, il aperçut, un peu plus loin, au bord du chemin, une hôtellerie. Il pressa l'allure, si bien qu'il y parvint juste avant la tombée de la nuit. Seulement, comme il semblait à notre aventurier que tout ce qu'il voyait se passait comme dans les livres, il se figura que c'était un château fort avec quatre tourelles, un pont-levis, des fossés et tous les accessoires que ces bâtiments-là possèdent dans les descriptions.

Il s'approcha de l'hôtellerie (qu'il prenait pour un château) et, arrivé à peu de distance, il arrêta Rossinante et le retint par la bride, dans l'attente qu'un nain se mette au créneau pour annoncer avec sa trompe qu'un chevalier arrivait au château. Au bout d'un moment, toutefois, voyant que rien ne se produisait de la sorte et que Rossinante avait hâte de gagner l'écurie, il finit par se remettre en marche vers la porte. Là, se tenaient deux jeunes femmes peu farouches qui allaient à Séville avec des muletiers. Il les prit aussitôt pour deux gracieuses et nobles demoiselles qui s'ébattaient devant l'entrée du château.

Sur ces entrefaites, un porcher qui rassemblait son troupeau de cochons (car il faut bien leur donner ce nom qui est le leur) sonna de la corne pour les réunir. Aussitôt, don Quichotte pensa, comme il le désirait, qu'un nain signalait son arrivée. Transporté de joie, il s'avança vers les dames. Celles-ci, voyant venir vers elles cet homme étrange, avec son armure, sa lance et son bouclier, prirent peur et voulurent se réfugier dans la maison.

Don Quichotte comprit la peur qu'elles avaient. Il releva aussitôt la visière de carton et, découvrant son visage décharné et couvert de poussière, leur dit d'une voix douce et posée :

— Que Vos Grâces ne fuient pas ni ne craignent aucun déplaisir, car il n'est pas dans les habitudes de l'ordre de chevalerie dont je fais partie de causer du tort à quiconque, et encore moins à d'aussi nobles et gentes damoiselles que vous.

Les filles le regardaient en s'efforçant d'apercevoir son visage que la visière leur cachait, mais quand elles s'entendirent appeler « nobles et gentes damoiselles », elles ne purent se retenir de rire.

Don Quichotte se mit en colère et leur dit :

— La modestie est une parure nécessaire aux belles, et rire sans nulle raison constitue une inconvenance.

Ce langage qu'elles ne comprenaient pas et la mine fâchée de notre chevalier firent redoubler leur rire. La colère de don Quichotte monta d'autant, en sorte que les choses auraient sûrement mal tourné si, à ce moment-là, n'avait paru l'hôtelier. C'était un gros homme matois et filou mais que son embonpoint rendait paisible.

Quand il vit ce bizarre personnage encombré d'armes toutes dépareillées, il manqua se joindre aux filles dans leur rire. Mais il se trouva un peu effrayé par ce fantôme armé de tant d'attirail et résolut plutôt de lui parler poliment :

— Si Votre Grâce cherche à se loger, dit-il, sauf un lit car il n'y en a pas dans la maison, elle trouvera tout le reste en abondance sous mon toit.

Enchanté de l'humilité du gouverneur du château fort, puisqu'il prenait l'hôtelier et son hôtellerie pour tels, don Quichotte dit :

— Pour moi, seigneur, quoi que ce soit me suffira.

— Monsieur, à ce compte-là, vous pouvez mettre pied à terre et être sûr de trouver en cette demeure l'occasion de ne pas dormir non pas une seule nuit mais toute une année.

Sur quoi, il s'en vint tenir l'étrier à don Quichotte qui descendit de cheval quoique avec une grande difficulté — comme quelqu'un, en fait, qui n'a pas rompu le jeûne de tout le jour. Une fois à pied, celui-ci demanda à son hôte d'avoir grand soin de son cheval car c'était la meilleure bête de selle qu'il y avait au monde. L'hôtelier regarda l'animal avec surprise, en ne le trouvant pas de moitié aussi bon que don Quichotte le disait. Il le conduisit toutefois à l'écurie comme si de rien n'était puis revint voir ce que l'arrivant désirait.

Il le trouva en train de se faire désarmer par les filles qui s'étaient réconciliées avec lui. Après lui avoir ôté les cuirasses de poitrine et d'épaules, elles ne parvenaient pas à déboîter le protège-cou ni à retirer son espèce de casque informe qu'il avait attaché avec des rubans verts. Il était en effet impossible de défaire les nœuds qui étaient trop serrés. Il aurait fallu les couper seulement don Quichotte ne voulut le permettre en aucune façon en sorte qu'il demeura toute la nuit son casque sur la tête.

Comme il s'imaginait que celles qui le désarmaient étaient des dames de qualité et les maîtresses du château, il leur récita avec beaucoup de bonne grâce :

Jamais vit-on chevalier
Aussi bien servi par des dames
Que, s'en venant de son village,
Le fut en ce jour don Quichotte.
Pour le servir eut Damoiselles,
Et son cheval, belles Princesses.

Ces braves filles, qui étaient peu habituées à entendre de tels propos, ne surent pas qu'y répondre et se contentèrent de lui demander s'il désirait à manger.

— N'importe quoi me conviendra, répliqua-t-il, car tout viendra fort à point servi par de si blanches et si belles mains !

Il se trouva que ce jour était un vendredi. Il n'y avait à manger dans l'auberge qu'un morceau de ce poisson qu'on appelle morue. On le pria de dire s'il voulait bien de cette morue-là car on n'avait rien d'autre à lui donner.

— Quoi que ce soit, répondit-il, apportez-le vite car le poids et la fatigue des armes ne peuvent pas se supporter sans le concours de l'estomac.

On installa sa table dehors, devant la porte de l'auberge, pour qu'il ait plus frais. Là, l'hôtelier lui apporta une portion de cette morue mal dessalée et mal préparée avec un morceau de pain noir largement aussi moisi que l'étaient ses armes.

Il y eut alors grand sujet de rire à voir don Quichotte manger car, comme il avait toujours le casque sur la tête, il devait tenir la visière levée avec les mains et ne pouvait rien porter à la bouche lui-même. Il fallut donc qu'on l'embecque, office que remplit très gracieusement une des deux dames. Seulement, à cause de la mentonnière, il ne fut pas non plus possible de lui donner à boire. Il serait resté avec sa soif si l'hôtelier n'avait eu l'idée de percer un jonc puis, après lui en avoir placé une extrémité dans la bouche, d'y verser du vin par l'autre bout. Tout cela, notre chevalier l'endura avec patience plutôt que de couper les rubans verts de son casque.

Sur ces entrefaites, il arriva un marchand

de porcs qui se mit à souffler cinq ou six fois dans son sifflet de roseau. Ceci acheva de confirmer don Quichotte dans l'idée qu'il se trouvait bel et bien dans un château comme il se l'imaginait, qu'on lui servait à dîner en musique, que la morue était de la truite, le pain noir du pain blanc de fin froment, les filles de grandes dames et l'aubergiste un châtelain. Aussi conclut-il en son for intérieur qu'il avait eu bien raison de se mettre en route.

Pourtant, ce qui le préoccupait vraiment, c'était de ne pas être armé chevalier, car il lui semblait qu'il ne pouvait rien entreprendre sans avoir reçu l'ordre de chevalerie. Tourmenté par cette pensée, il se hâta de terminer son maigre dîner, puis il appela l'aubergiste. Il le mena dans l'écurie, ferma la porte et se mit à genoux devant lui.

— Je ne me relèverai pas tant que votre seigneurie ne m'aura pas octroyé un don qui tournera au profit de l'humanité entière.

Quand il le vit à ses pieds, qu'il l'entendit tenir de tels propos, l'aubergiste essaya d'abord de le relever. Mais comme il n'y parvenait pas, il finit par consentir quoique du bout des lèvres.

— Je n'en attendais pas moins de votre magnificence, répondit don Quichotte. Ce don que je réclame, c'est que vous m'armiez chevalier. Je passerai la nuit en prières et, au terme de cette veillée, s'accomplira ce que je désire tant, pour pouvoir courir les quatre parties du monde au service des nécessiteux.

L'hôtelier, qui était finaud, comme on l'a dit, avait déjà conçu des doutes sur la raison de son hôte. À ces derniers propos, il fut convaincu qu'il avait l'esprit fêlé. Il s'empressa d'acquiescer tout en songeant à un moyen de s'amuser aux dépens du futur chevalier.

— Moi-même, dit-il à don Quichotte, j'ai passablement couru le monde en ma jeunesse. Et de l'aqueduc de Ségovie à la plage de San Lucar, en passant par les guinguettes de Tolède, j'ai causé le plus de torts possible, volant le pauvre et dépouillant la veuve et l'orphelin. Si bien que j'ai fini par me rendre célèbre dans les tribunaux de toute l'Espagne. Après quoi je me suis retiré en ce château pour y vivre de mes économies et surtout de celles des autres, et j'y reçois par affection pour eux tous les chevaliers errants, pour peu qu'ils partagent avec moi leurs finances.

Il expliqua ensuite qu'il ne se trouvait pas de chapelle au château car on l'avait détruite pour en rebâtir une plus grande, mais qu'il n'y avait aucun inconvénient à ce que le novice passe la veillée d'armes dans la cour. Puis il ajouta qu'au matin don Quichotte serait armé chevalier, et aussi chevalier qu'il se pouvait au monde.

Il demanda également à don Quichotte s'il portait de l'argent, à quoi celui-ci répondit par la négative car il n'avait jamais lu dans les livres que les chevaliers errants en soient pourvus. L'hôtelier lui répondit qu'il avait grand tort, que les auteurs ne le mentionnaient jamais parce que cela allait de soi mais que tout chevalier errant se devait d'être muni d'une bourse bien garnie, de chemises de rechange et d'une boîte d'onguents pour panser les blessures.

— En effet, ajouta-t-il, il ne se trouve pas

toujours dans les déserts où se livrent les combats quelqu'un juste là pour les panser, à moins d'être l'ami d'un enchanteur qui envoie aussitôt un nain ou une demoiselle à cet effet. Et si la plupart du temps on ne voit pas que les chevaliers portent une besace, c'est seulement parce qu'ils ont avec eux un fidèle écuyer qui les suit et se charge de cette besogne.

Il termina en lui ordonnant, en tant que parrain d'armes, de ne plus jamais se trouver sur les chemins sans argent ni provisions, ce que don Quichotte promit volontiers.

Aussitôt, tout fut mis en ordre pour qu'il fasse sa veillée d'armes dans une petite cour attenante à l'auberge. Don Quichotte prit son équipement et le posa sur le rebord d'un abreuvoir, près d'un puits. Puis il embrassa son écu et, portant sa lance, se mit à faire les cent pas devant l'abreuvoir. La nuit tombait quand il commença son étrange va-et-vient.

L'aubergiste avait raconté la folie de son hôte à tous ceux qui se trouvaient dans l'hôtellerie aussi vinrent-ils le regarder de loin. Tantôt, il marchait à pas lents, tantôt, appuyé sur sa lance, il restait une heure durant les yeux fixés sur ses armes.

Bientôt, la nuit fut complète mais la lune continua d'éclairer l'étonnant manège du chevalier novice.

Il advint alors qu'un des muletiers qui logeaient à l'auberge eut la fantaisie de vouloir donner de l'eau à ses bêtes. Pour cela, il lui fallait ôter du rebord de l'auge les armes de don Quichotte.

Ce dernier, en le voyant faire, lui cria :

— Qui que tu sois, téméraire chevalier qui viens toucher aux armes du plus valeureux des chevaliers errants, prends garde à ce que tu fais ! N'y porte pas la main, à moins que tu veuilles laisser ta vie pour prix de ton audace !

Le muletier ne prêta aucune attention à l'avertissement. Et mal lui en prit, car, alors qu'il venait de poser au sol les courroies, don Quichotte leva les yeux au ciel et, invoquant Dulcinée, s'exclama :

— Secourez-moi, ma dame, en cette première offense qu'essuie votre vassal ! Accordez-moi votre aide et votre faveur !

Là-dessus, prenant sa lance à deux mains, il en asséna au muletier un coup si violent sur la tête qu'un second du même calibre eût envoyé le malheureux rejoindre ses ancêtres sur-le-champ. Puis, sans plus se préoccuper de la santé de celui qu'il venait de blesser, don Quichotte reprit ses allers et retours avec le même calme qu'auparavant.

Peu après, un autre muletier, ignorant tout du sort de son camarade car ce dernier gisait encore sans connaissance près du puits, voulut aussi donner à boire à ses mules. Mais au moment où, comme le premier, il débarrassait l'abreuvoir des armes qui l'encombraient, don Quichotte, sans rien dire ni demander la faveur de personne, prit de nouveau sa lance à deux mains et lui en porta un coup violent, bien propre à lui fendre la tête en deux.

Au bruit que cela fit, tous les gens qui étaient dans l'auberge accoururent, l'aubergiste avec eux. En les voyant venir, don Quichotte prit son bouclier et, brandissant son épée, s'écria :

— Ô ma dame de beauté, réconforte le

cœur de ce chevalier, ton esclave, que menace une si terrible aventure !

Cette invocation lui donna tant d'assurance que, face à l'assaut de tous les muletiers du monde, il n'aurait pas reculé d'un pouce. Mais les camarades des blessés qui venaient de les apercevoir étendus à terre se mirent, de loin, à faire pleuvoir des pierres sur don Quichotte. Lui s'en protégea du mieux possible avec son bouclier sans abandonner l'abreuvoir ni ses armes.

L'aubergiste leur criait d'arrêter, qu'ils savaient bien qu'il était fou et qu'en qualité de fou il en sortirait quitte s'il venait à tuer quelqu'un. Don Quichotte criait encore plus fort, les appelant traîtres et mécréants et clamant que le seigneur du château était un félon et un renégat pour le laisser maltraiter de la sorte.

— Si j'étais chevalier, je lui ferais payer cher le prix de sa trahison ! hurlait-il. Quant à vous, impure et vile canaille, attaquez-moi de tous côtés, vous verrez bien quelle récompense reçoit votre absurde audace !

Il disait cela d'un ton si convaincu que

les muletiers finirent par prendre peur. Cédant aux remontrances de l'aubergiste, ils cessèrent de lui jeter des pierres. Alors, don Quichotte les laissa emporter les deux blessés et se remit à sa veillée, avec toujours autant de calme et de gravité.

Mais l'hôtelier ne trouvait plus drôles du tout les folies de son hôte. Il résolut de lui donner au plus vite son ordre de chevalerie avant que quelque autre malheur ne survienne. Aussi s'approcha-t-il et, bien humblement, lui demanda d'excuser l'insolence dont, à son insu, ses gens avaient fait preuve. Puis il répéta qu'il n'y avait pas de chapelle mais qu'elle n'était pas indispensable puisque ce qui restait à faire, pour autant qu'il connaissait le cérémonial de l'ordre, consistait en deux coups sur la nuque et l'épaule, et que cela pouvait se faire n'importe où. Il ajouta que deux heures de veillée suffisaient amplement alors qu'il en avait déjà passé plus de quatre.

Don Quichotte crut tout ce qu'il voulut bien lui dire. Il affirma qu'il était prêt à obéir et pria son hôte de bien vouloir en finir aussi vite que possible.

— Car, ajouta-t-il, si l'on m'attaque derechef et que je sois armé chevalier, je ne laisserai pas âme qui vive en ce château. Sauf, bien évidemment, celles que vous me demanderiez d'épargner par amitié pour vous.

Peu rassuré par de telles intentions, l'aubergiste alla chercher le livre où il tenait le compte de la paille et de l'orge qu'il revendait aux muletiers. Bientôt il revint, escorté d'un enfant qui portait un bout de chandelle et des deux demoiselles que le lecteur connaît déjà. Il ordonna à don Quichotte de se mettre à genoux et se mit à faire semblant de lire dans son livre comme s'il récitait des prières. Au beau milieu de sa lecture, il leva la main et donna au chevalier novice un grand coup sur la nuque. Puis, toujours marmottant, il prit l'épée de don Quichotte et lui porta un coup du plat de la lame à l'épaule. Il demanda ensuite à l'une des dames de ceindre le chevalier de son épée, ce qu'elle fit avec beaucoup de retenue, car il en fallait une bonne dose pour s'empêcher d'éclater de rire.

Don Quichotte lui demanda son nom, afin qu'il sache à qui il devait la grande faveur qu'elle venait de lui faire. Elle répondit qu'elle s'appelait la Tolosa et qu'elle était fille d'un chiffonnier de Tolède. Il la pria de s'appeler désormais Mademoiselle de Tolosa, ce qu'elle promit de faire. L'autre fille lui chaussa l'éperon et il lui posa la même question. Elle répondit s'appeler la Meunière, un vocable dû au fait qu'elle était fille de meunier. Il lui demanda de la même façon de prendre la particule et de se nommer dorénavant Mademoiselle de la Meunière.

Une fois que furent ainsi terminées au grand galop ces cérémonies comme on n'en avait encore jamais vu, don Quichotte, qui avait hâte de partir en quête d'aventures, sella Rossinante, l'enfourcha et se mit en route. Avant de partir, néanmoins, il embrassa l'hôtelier. Et, pour le remercier, il lui tint des propos si pleins d'extravagances que l'autre, pressé de le voir quitter son hôtellerie, ne lui réclama même pas son dû et le laissa s'en aller à la grâce de Dieu.

Aventure 2

Qui raconte comment don Quichotte délivra un valet de ferme et se fit rosser par un muletier au sang chaud.

Le jour n'était pas levé depuis bien longtemps que don Quichotte arpentait déjà la plaine, si content de s'être vu armé chevalier qu'il en faisait tressauter les sangles de son cheval. Rossinante, de son côté, comme s'il sentait la belle humeur de son cavalier, détalait de tout son cœur.

Ils n'avaient pas encore fait grand chemin quand, dans l'épaisseur d'un bois, don Quichotte entendit des cris plaintifs.

— Grâces soient rendues au Ciel, s'écria-t-il, de m'accorder déjà l'occasion d'accomplir ce qui est du devoir de mon état ! Ces cris sont sûrement ceux d'un malheureux ou d'une malheureuse à qui accorder mon secours et ma protection.

Aussitôt il dirigea Rossinante vers l'endroit d'où les plaintes lui semblaient venir. À peine était-il entré dans le bois qu'il vit une jument attachée à un chêne et, attaché lui aussi à un autre arbre, un garçon d'une quinzaine d'années, le torse nu. C'était lui qui se plaignait, et non sans raison, car un solide paysan lui administrait une solide correction avec une ceinture en cuir. Il accompagnait chaque coup d'un reproche ou d'un conseil, dans le genre de : « Tiens ta langue et ouvre mieux les yeux ! », à quoi le jeune garçon répondait :

— Par pitié, je ne le ferai plus, mon maître ! Je jure sur Dieu qu'à l'avenir j'aurai meilleur soin du troupeau !

En voyant cette scène, don Quichotte s'exclama :

— Discourtois chevalier, il ne convient pas de s'attaquer à qui ne peut se défendre. Montez à cheval, saisissez votre lance et je vous ferai savoir que vos agissements sont ceux d'un lâche.

En voyant approcher ce fantôme en armure qui lui brandissait sa lance sous le nez, le paysan crut sa dernière heure venue et répondit d'un ton patelin :

— Seigneur chevalier, ce garçon est un de mes valets. Il garde un troupeau de mes brebis mais il se montre si négligent qu'il m'en manque une chaque jour. Alors que je le corrige pour sa paresse, ou peut-être sa malhonnêteté, il dit que c'est pour ne pas lui payer ses gages. Mais, sur mon âme, ce n'est pas vrai !

— Vil coquin, oser mentir en ma présence ! dit don Quichotte. Je ne sais ce qui me retient de te passer ma lance au travers du corps ! Paie-le sur-le-champ ou je t'extermine. Et détache-le !

Sans mot dire, le paysan défit les liens de son berger auquel don Quichotte demanda combien on lui devait.

— Neuf mois à sept réaux chacun, dit le jeune homme.

Don Quichotte fit le compte et, trouvant qu'il se montait à soixante-trois réaux, ordonna au paysan de les débourser immédiatement s'il ne voulait pas mourir.

L'autre répondit que la somme à payer n'était pas aussi élevée parce qu'il fallait en déduire trois paires de chaussures qu'il avait fournies à son valet plus un réal correspondant à deux saignées qu'on lui avait faites alors qu'il était malade.

— Fort bien, dit don Quichotte, mais les souliers et le réal compteront pour les coups que vous lui avez donnés sans raison. Car s'il a déchiré le cuir de ses souliers, vous lui avez déchiré le sien en le battant, et si le barbier lui a tiré du sang alors qu'il était malade, vous lui en avez tiré en bonne santé. Sur ce point, vous êtes quittes.

Le paysan, toujours apeuré, ne voulut pas discuter.

— Le malheur, seigneur chevalier, dit le paysan, c'est que je n'ai pas d'argent ici. Mais qu'André s'en retourne avec moi à la maison et je lui paierai tout son dû.

— Que je m'en aille avec lui ! s'écria le garçon. À Dieu ne plaise ! Il m'écorcherait tout vif comme un saint Barthélemy !

— Non ! il n'en fera rien ! reprit don Quichotte. Il suffira que je le lui interdise. Et pourvu qu'il jure par la loi de la chevalerie qu'il a reçue, je le laisserai aller et je réponds du paiement.

— C'est que mon maître n'a jamais été fait chevalier, reprit le garçon. Que Votre

Grâce y prenne garde! c'est Haldudo le riche, bourgeois de Quintanar!

— Qu'importe? dit don Quichotte. Un Haldudo peut être chevalier! Et d'ailleurs chacun est fils de ses œuvres.

— C'est vrai, répondit le garçon, mais de quelles œuvres est-il fils pour me refuser mes gages?

— Mon cher André, dit le paysan, je ne te refuse rien. Viens seulement à la maison, et je jure par tous les ordres de chevalerie qu'il y a au monde de te régler ton compte. Par amitié pour le chevalier, je te paierai même des intérêts!

— Je vous fais grâce des intérêts, dit don Quichotte. Payez-lui son dû, cela me suffit. Et prenez garde de ne point vous parjurer car je saurais vous retrouver même si vous étiez aussi bien caché qu'un lézard. Et pour que vous sachiez qui vous donne cet ordre, apprenez que je suis don Quichotte de la Manche, le défaiseur de torts et le réparateur des injustices!

Cela dit, il éperonna Rossinante et disparut en un instant.

Le paysan le regarda s'éloigner. Quand il vit qu'il était assez loin, il retourna à son valet et lui dit :

— Viens ici, mon fils, que je te paie tout ce que je te dois comme ce défaiseur de torts me l'a ordonné.

— Monsieur, répondit l'autre, vous ferez bien d'exécuter l'ordre de ce bon chevalier — Dieu lui donne mille ans de vie pour sa vaillance ! — faute de quoi il reviendra, comme il l'a dit.

— Sur ma vie ! répliqua l'autre, vu l'affection que j'ai pour toi, je veux augmenter la dette pour en augmenter le paiement.

Et le saisissant à bras le corps il revint l'attacher au même chêne qu'auparavant et le roua de tant de coups qu'il le laissa pour mort.

— Mon cher André, disait-il, appelle donc ton redresseur d'injustices maintenant !

À la fin, il le détacha et l'autorisa à aller chercher son protecteur pour qu'il mette sa menace à exécution. André s'en fut en sanglotant, disant qu'il irait tout raconter au chevalier et que son maître devrait le payer au quadruple. Néanmoins, il s'éloigna en larmes tandis que son maître restait à rire.

De cette façon fut redressé ce tort par le valeureux don Quichotte de la Manche qui, pendant ce temps, chevauchait ravi de ses magnifiques débuts en tant que chevalier.

— Tu peux te considérer comme plus heureuse que toutes les autres belles du monde, superbe Dulcinée ! disait-il, parlant seul à voix haute. Le sort t'a fait la faveur de te donner pour esclave un chevalier tellement vaillant qu'ayant reçu l'ordre de chevalerie hier seulement, il a déjà redressé le plus énorme tort du monde en arrachant le fouet des mains de ce bourreau !

Tout en parlant ainsi, il arriva à une croisée de chemins et, se souvenant des carrefours où les chevaliers errants s'arrêtaient pour décider quel chemin ils allaient prendre, il s'immobilisa au milieu afin de les imiter. Après un long moment, il lâcha la bride à Rossinante qui s'empressa de prendre la direction de son écurie où il semblait désireux de revenir au plus tôt.

Après avoir marché un moment, ils en vinrent à rencontrer des marchands de Tolède qui allaient à Murcie pour y acheter de la soie. Ils étaient six qui s'abritaient sous leurs parasols. Quatre valets à cheval et trois muletiers à pied les accompagnaient.

Aussitôt qu'il les vit, don Quichotte s'imagina avoir affaire à une nouvelle aventure. Pour imiter autant que possible ce qu'il avait lu dans ses livres, il prit son air le plus fier et, bien ferme dans ses étriers, se campa au milieu du chemin, la lance basse et l'écu devant la poitrine. Dès que la caravane fut assez près pour qu'on l'entende, il cria :

— Personne ne passera à moins de confesser qu'il n'est au monde plus belle demoiselle que l'Impératrice de la Manche, la sans pareille Dulcinée du Toboso !

Les marchands s'arrêtèrent pour examiner l'allure de celui qui s'adressait à eux. Tant à sa mine qu'à l'extravagance de ses propos, ils se rendirent tout de suite compte de sa folie. Mais ils voulurent voir où les mènerait cette confession qu'il réclamait, et l'un d'eux, qui aimait bien à se moquer, déclara :

— Seigneur chevalier, nous ne connaissons pas le moins du monde cette brave dame dont vous parlez. Faites-nous la voir, et si sa beauté est telle que vous le prétendez, nous la reconnaîtrons avec la meilleure volonté qui soit.

— Si je vous la faisais voir, répondit don Quichotte, quel mérite auriez-vous à la reconnaître ? C'est sans la voir que vous devez admettre, affirmer et jurer. Sinon, en garde, gens orgueilleux ! Que vous veniez l'un après l'autre, comme l'exigent les bonnes règles de la chevalerie, ou tous ensemble, comme le veut le siècle, je vous attends et vous défie, sûr que la raison et le droit sont de mon côté.

— Seigneur chevalier, reprit le marchand, je vous en supplie, ne nous demandez pas de charger nos consciences en jurant quelque chose que nous n'avons ni vue ni entendue. *Plaise à Votre Grâce de nous montrer un portrait de cette dame, serait-il aussi petit qu'un grain de blé. D'après un fil nous jugerions de la pelote et nous nous trouverions ainsi satisfaits et rassurés et vous, de votre côté, content et payé. Je crois même, tant nous sommes bien disposés en votre faveur, que même si le portrait nous la montrait borgne d'un œil et que de l'autre lui coulent du vermillon*

Que vuestra merced sea servido de mostrarnos algún retrato de esa señora, aunque sea tamaño como un grano de trigo; que por el hilo se sacará el ovillo y quedaremos con esto satisfechos y seguros, y vuestra merced quedará contento y pagado. Y aun creo que estamos ya tan de su parte que, aunque su retrato nos muestre que es tuerta de un ojo y que del otro le mana bermellón y piedra azufre, con todo eso, por complacer a vuestra merced, diremos en su favor todo lo que quisiere.

— No le mana, canalla infame — respondió don Quijote, encendido en cólera —, no le mana, digo, eso que decís, sino ámbar y algalia entre algodones ; y no es tuerta ni corcovada, sino más derecha que un huso de Guadarrama. Pero ¡vosotros pagaréis la grande blasfemia que habéis dicho contra tamaña beldad como es la de mi señora !

et du soufre, malgré tout, pour plaire à Votre Grâce, nous dirions en sa faveur tout ce que vous voudriez.

— De son œil ne coule rien, infâme canaille! répondit don Quichotte enflammé de colère, il ne coule rien, je l'affirme, sinon du musc et de l'ambre. Et elle n'est ni borgne ni bossue mais plus droite qu'un fuseau de Guadarrama. Je vais vous faire payer le blasphème que vous avez proféré contre une très grande beauté comme l'est celle de ma dame!

En disant ces mots, il se jeta lance baissée sur celui qui avait parlé, avec tant d'ardeur et de furie que, si Rossinante n'avait pas trébuché dans sa course et n'était pas tombé, grand mal en aurait pris au marchand. Rossinante tomba donc et envoya son maître rouler à plus de dix pas. Accablé sous le poids de l'armure, du casque, de la lance et du bouclier, don Quichotte cherchait vainement à se remettre debout en répétant :

— Ne fuyez pas, vils poltrons, chétifs esclaves! Et sachez-le bien : c'est par la faute de mon cheval et non pas par la mienne que je suis étendu à terre!

Un muletier de la suite des marchands, sans doute de moins bonne composition que les autres, se lassa soudain de ces injures que débitait la pauvre créature couchée au sol. S'approchant de don Quichotte, il fit trois ou quatre morceaux de sa lance. Puis, à l'aide du plus solide, il se mit à lui rendre à grands coups sur les côtes la monnaie de ses insultes. Ses maîtres eurent beau lui crier de ne pas tant frapper, il ne voulut pas s'éloigner avant d'avoir passé sur lui toute sa colère ; il le moulut comme plâtre et, pour finir, lui brisa sur la tête les morceaux de sa lance. Mais tandis que l'autre faisait pleuvoir les coups sur ses épaules, don Quichotte ne cessait de menacer et de maudire les voleurs de grands chemins qui le traitaient de la sorte.

Enfin le muletier se lassa ; il alla rejoindre les autres et tous continuèrent leur route. Laissé seul, don Quichotte tenta de se relever mais il n'y parvint pas mieux, battu et rompu de coups, que lorsqu'il était indemne. Aussi prit-il son mal en patience au motif que cette disgrâce était courante chez les chevaliers errants.

Par chance, un paysan qui habitait le même village vint à passer sur le chemin. Voyant cet homme étendu, il s'approcha et lui demanda quel était son mal. Don Quichotte se mit à lui raconter ses malheurs mais en suivant trait pour trait un des romans dont il avait la cervelle farcie. Le paysan, tout surpris d'entendre ces sottises, ôta la visière de carton que les coups avaient réduite en pièces. En lui essuyant le visage, qu'il avait tout couvert de poussière, il fut bien surpris de reconnaître son voisin.

— Eh bon Dieu! s'écria-t-il, qui vous a mis dans un tel état?

Mais don Quichotte, pour répondre, continua de raconter un roman. Voyant cela, le paysan lui ôta sa cuirasse afin de chercher ses blessures mais il n'aperçut aucune trace de sang. Alors il le releva de terre et, avec beaucoup de ménagements, l'installa sur son âne qui lui sembla une monture plus douce. Ensuite il ramassa les armes, y compris les morceaux de la lance, et les plaça sur Rossinante. Puis il prit ce dernier par la bride et, menant son âne de l'autre main, se mit en route pour le village, tout inquiet des extravagances que débitait son encombrant compagnon.

Ils parvinrent au village à la chute du jour. Pourtant le brave homme attendit la nuit noire avant de reconduire don Quichotte à sa demeure, afin que personne ne l'aperçoive en un si piteux état.

Arrivant devant la maison, ils la trouvèrent pleine de bruit et de conversations. Le curé et le barbier du village, tous deux amis de don Quichotte, y étaient et la gouvernante leur disait :

— Que vous en semble, monsieur le curé, voilà six jours que mon maître a disparu avec son cheval, sa lance, son armure et son bouclier ? Ah ! malheureuse que je suis ! Je gagerais ma tête que tous ces maudits livres qu'il lit du soir au matin lui ont tourneboulé le cerveau. Je me souviens maintenant de l'avoir entendu se parler à lui-même, disant qu'il allait se faire chevalier errant.

De son côté, la nièce disait la même chose :

— Sachez qu'il est souvent arrivé à mon oncle de passer deux jours et deux nuits de suite à lire ces livres de malheur. Au bout de quoi il empoignait son épée et se battait contre les murs. Et quand il tombait de fatigue, il disait qu'il avait tué quatre géants grands comme des tours et que la sueur dont il ruisselait était du sang qui coulait de ses blessures.

À ce moment, elle fut interrompue par le paysan qui appela de dehors. Tous accoururent et virent leur oncle, maître ou ami encore juché sur l'âne, faute d'avoir pu en descendre, et se précipitèrent pour l'embrasser. Mais don Quichotte les arrêta en disant :

— Je reviens gravement blessé. Qu'on me porte à mon lit et qu'on fasse chercher la sage Urgande pour qu'elle panse mes blessures.

— Hein ! s'écria la gouvernante, est-ce que je n'avais pas raison ? Ceci dit, seigneur, soyez le bienvenu chez vous, et sans cette Urgente nous saurons bien vous soigner.

On porta don Quichotte dans son lit mais, en l'examinant, on ne lui trouva pas de blessures. Il leur dit alors :

— Je ne souffre que des contusions d'une chute car, tandis que je combattais dix géants immenses, mon cheval s'est abattu sous moi.

— Voilà les géants qui entrent dans la danse maintenant! remarqua le curé à voix basse.

Ils posèrent encore mille questions à don Quichotte mais celui-ci se contenta de répondre qu'on lui donne à manger et qu'on le laisse dormir, ce dont il avait le plus grand besoin. On lui obéit.

Ce fut par le paysan qu'on apprit où et dans quel état il l'avait rencontré. L'autre le leur conta et, en prime, toutes les folies que don Quichotte avait débitées le long du chemin.

Aussitôt qu'il fut parti, le curé demanda aux deux femmes :

— Il faudra surveiller notre homme de très près aussi longtemps qu'il n'aura pas guéri de ses lubies. Je compte sur vous pour lui faire garder la chambre et le forcer à se reposer.

La gouvernante et la nièce promirent de faire bonne veille. Sur quoi le curé et le barbier leur souhaitèrent le bonsoir et tout le monde se retira pour la nuit.

Aventure 3

Qui traite de la deuxième sortie de don Quichotte et de l'épouvantable et inimaginable aventure des moulins à vent.

Alors que don Quichotte devait garder le lit suite aux mauvais traitements qu'il avait subis lors d'une précédente aventure, le curé et le barbier eurent l'idée d'un remède pour guérir leur ami de ses lubies. Ils résolurent de faire murer la porte de sa bibliothèque afin qu'il ne retrouve pas ses livres quand il les chercherait. Ils espéraient ainsi lui ôter sa folie en le privant de ce qui la causait. Un ouvrier maçon fut appelé tout exprès pour procéder à l'opération et, une fois qu'il fut reparti, ordre fut donné à la nièce et à la gouvernante de dire qu'un enchanteur avait emporté la bibliothèque avec tout son contenu. Cet ordre fut strictement exécuté. Quand, deux jours plus tard, don Quichotte se leva et alla tout droit voir ses chers romans, il eut beau chercher et chercher encore la porte de son cabinet de lecture, il ne la trouva pas où il l'avait laissée. Finalement, il demanda à la gouvernante où se trouvait la bibliothèque.

— Quelle bibliothèque, Votre Grâce ? répondit cette dernière. Il n'y en a plus dans cette maison car le diable a tout emporté.

— Ce n'était pas le diable, reprit la nièce, mais un enchanteur. Il est venu ici la nuit après que Votre Seigneurie est partie et, avant de s'envoler par la toiture en l'emportant, il a dit qu'il s'appelait le sage Mugnaton.

— Il a dû dire Freston, dit don Quichotte.

— Je ne saurais dire s'il se nommait Freston ou Feston, répliqua la gouvernante, mais, à coup sûr, son nom finissait en *ton*.

— C'est bien lui ! s'exclama don Quichotte. Il s'agit d'un puissant enchanteur qui est mon mortel ennemi car il sait que dans l'avenir je dois vaincre un chevalier qu'il protège. Aussi fait-il tout ce qu'il peut pour me nuire. Seulement, je l'en préviens, il ne pourra pas empêcher ce qu'a ordonné le Ciel.

— Personne n'en doute, dit la nièce. Mais, mon oncle, dites-moi, pourquoi vous mêler de pareilles querelles? Ne vaudrait-il pas mieux rester en paix dans votre demeure plutôt que de courir le monde quand on sait que tant de gens vont chercher de la laine et reviennent tondus?

— Ma chère nièce, que vous comprenez peu de choses, reprit-il. Avant qu'on me tonde j'aurai arraché poil à poil la barbe de qui voudrait toucher à un de mes cheveux.

Toutes deux firent alors silence, car elles voyaient bien qu'il était en train de s'échauffer.

Toujours est-il que don Quichotte demeura calmement chez lui pendant quinze jours, sans donner l'impression qu'il voulait recommencer ses folles escapades. Il discuta cependant plusieurs fois avec ses amis, le curé et le barbier, disant que ce dont le monde avait le plus besoin c'était de chevaliers errants. Les deux autres le contredirent parfois et l'approuvèrent souvent, pour éviter de se fâcher tout à fait avec lui.

Dans le même temps, don Quichotte sollicita en secret et à diverses reprises les services d'un paysan, un de ses voisins, homme de bien quoique très pauvre et, comme on dit, sans beaucoup de plomb dans la cervelle. À la fin, il l'embobina si bien et lui promit tant de choses que le pauvre homme accepta de partir avec lui. Une des raisons qui finirent de le convaincre fut la promesse que lui fit don Quichotte de se rendre bientôt maître d'une île et de lui en confier le gouvernement. Séduit par une telle perspective et par bien d'autres encore du même acabit, Sancho Pança, car tel était son nom, planta là femme et enfants, et suivit son voisin pour lui servir d'écuyer.

Don Quichotte s'était mis à chercher de l'argent. Vendant une chose, en mettant une autre en gage, gaspillant tout son bien, il parvint finalement à rassembler une somme qu'il jugea suffisante. Il emprunta un grand bouclier rond à l'un de ses amis, raccommoda son casque comme il le put et prévint Sancho du jour et du moment où il faudrait se mettre en route. Il le pria de se munir de tout ce qu'il jugerait nécessaire et, surtout, de ne pas oublier d'emporter un sac. L'autre répondit qu'il n'y manquerait pas. Il ajouta qu'il prendrait aussi son âne car il ne se sentait que de faibles dispositions pour aller à pied.

À propos du baudet, don Quichotte essaya de se rappeler s'il avait déjà lu qu'un chevalier errant se soit jamais fait escorter par un écuyer monté comme pour aller au moulin. Il eut beau chercher, il ne put se souvenir d'aucun. Il laissa toutefois Sancho emmener sa bête en se disant qu'il ne manquerait pas de lui fournir une monture plus noble à la première occasion, c'est-à-dire en s'emparant du cheval du premier chevalier qu'il déferait en combat singulier.

Une fois ces préparatifs terminés, ils sortirent du village un soir en veillant à ne pas être vus, et sans que Sancho ait pris congé de sa femme et de ses enfants ni don Quichotte de sa nièce et de la gouvernante. Ils marchèrent si bien toute la nuit qu'au point du jour ils pensèrent qu'on ne les rattraperait plus, quand bien même on se mettrait à leurs trousses.

Ils avaient pris le même chemin que don

Quichotte lors de sa première sortie en sorte qu'ils arpentaient la plaine de Montiel. Cette fois, néanmoins, comme il était très tôt, le soleil n'était pas encore incommodant. Sancho allait sur son âne à côté de son maître, avec son sac et son outre de vin, se voyant déjà gouverneur de l'île qu'on lui avait promise, quand ils aperçurent trente ou quarante moulins à vent qu'il y avait là, dans la plaine.

Aussitôt qu'il les vit, don Quichotte dit à son écuyer :

— La chance conduit nos affaires mieux que nous pourrions le faire nous-mêmes. Regarde, ami Sancho ! Vois ces trente ou quarante immenses géants que je vais combattre et occire, tous autant qu'ils sont. Car c'est servir Dieu que de délivrer la surface de la terre de cette mauvaise graine.

—¿Qué gigantes? — dijo Sancho Panza.

— Aquellos que allí ves — respondió su amo — de los brazos largos; que los suelen tener algunos de casi dos leguas.

— Mire vuestra merced — respondió Sancho — que aquellos que allí se parecen no son gigantes, sino molinos de viento, y lo que en ellos parecen brazos son las aspas, que, volteadas del viento, hacen andar la piedra del molino.

— Bien parece — respondió don Quijote — que no estás cursado en esto de las aventuras : ellos son gigantes, y, si tienes miedo, quítate de ahí y ponte en oración en el espacio que yo voy a entrar con ellos en fiera y desigual batalla.

Y, diciendo esto, dio de espuelas a su caballo Rocinante, sin atender a las voces que su escudero Sancho le daba, advirtiéndole que sin duda alguna eran molinos de viento, y no gigantes, aquellos que iba a acometer. Pero él iba tan puesto en que eran gigantes, que ni oía las voces de su escudero Sancho ni echaba de ver, aunque estaba ya bien cerca, lo que eran; antes iba diciendo en voces altas :

—¡Non fuyades, cobardes y viles criaturas, que un solo caballero es el que os acomete!

— Quels géants ? dit Sancho Pança.

— Ceux que tu vois là-bas, répondit son maître, avec leurs grands bras, car ils peuvent en avoir de presque deux lieues de long.

— Voyons, monsieur, répliqua Sancho, ce qu'il y a là-bas, ce ne sont pas des géants mais des moulins à vent ; ce qui semble être leurs bras, ce sont les ailes, qui, tournées par le vent, font se mouvoir la meule du moulin.

— On voit bien, répondit don Quichotte, que tu n'es pas savant en matière d'aventures : ce sont des géants ! Si tu as peur, va-t'en d'ici et mets-toi en prières le temps que je vais les affronter en un combat furieux et inégal.

En disant cela, il donna de l'éperon à Rossinante, sans écouter les avertissements de son écuyer Sancho, qui lui criait qu'à n'en pas douter c'était des moulins à vent et non pas des géants qu'il allait attaquer. Seulement, il était si bien persuadé que c'était des géants qu'il n'entendait pas les cris de Sancho, pas plus qu'il ne se rendait compte de ce à quoi il avait affaire bien qu'il en fût désormais tout près. Au contraire, il disait d'une voix forte :

— *Ne fuyez pas, couardes et viles créatures, c'est un seul chevalier qui vous attaque !*

Or, comme il approchait au grand galop, un léger vent se mit à faire tourner les ailes des moulins. Voyant cela, il s'exclama :

— Vous avez beau remuer les bras, vilaines créatures, vous me le paierez !

Ayant dit ces mots, il se recommanda du fond du cœur à sa dame Dulcinée en lui demandant sa protection dans un si grand danger puis, la poitrine bien couverte de son bouclier, il abaissa sa lance et donna dans le premier des moulins. Juste comme la lance perçait l'aile, le vent la fit tourner brusquement et avec tant de force que la lance se rompit net. Cheval et chevalier se virent un moment enlevés en l'air avant de retomber à bonne distance dans la poussière de la plaine.

Sancho accourut aussitôt à l'aide de tout le galop de son âne et trouva, en arrivant près de son maître, ce dernier qui ne pouvait plus du tout remuer tant le coup avait été rude.

— N'avais-je pas dit à Votre Grâce, commença-t-il à geindre, qu'elle aurait dû mieux regarder ce qu'elle faisait et que ce n'était que des moulins à vent?

— La paix! mon bon Sancho! répondit don Quichotte. Tu devrais savoir que les choses de la guerre sont, entre toutes, sujettes à transformations. C'est cet enchanteur Freston, mon ennemi, qui après avoir volé ma bibliothèque a changé les géants en moulins pour me priver de la gloire de les vaincre.

Sancho vit qu'il ne pourrait rien en tirer de plus. Il aida son maître à se relever tant bien que mal et à remonter sur le pauvre Rossinante qui avait les jambes à demi déboîtées.

Ils se remirent en chemin dans la direction de Port-Lapice, car, affirma don Quichotte, un tel lieu de grand passage était tout à fait susceptible de leur faire rencontrer les aventures qu'ils recherchaient.

Au bout d'un moment, Sancho fit remarquer que l'heure était venue de dîner. Don Quichotte lui répondit qu'il était beaucoup trop contrarié pour prendre la moindre nourriture mais que Sancho pouvait manger, s'il le souhaitait. Avec cette permission, Sancho s'installa du mieux qu'il put sur son âne et, tirant de son sac les provisions qu'il y avait mises, il mangea tout en cheminant derrière son maître. De temps en temps il portait l'outre de vin à sa bouche et tandis qu'il allait ainsi, avalant un coup après l'autre, il songeait aux promesses que son maître lui avait faites et regardait le fait de s'en aller chercher des aventures non pas comme un rude métier mais comme une activité de tout repos.

Aventure 4

Où on découvre la mésaventure qu'eurent don Quichotte et Sancho avec des muletiers par la faute de Rossinante.

Il arrivait assez fréquemment que don Quichotte et Sancho fassent leur route en silence. Le premier ruminait on ne sait quelles nouvelles folies tandis que le second agitait dans sa tête toutes sortes de plaisantes perspectives telle celle, par exemple, de se voir confier le gouvernement d'une île, comme son maître le lui avait promis.

Après avoir ainsi voyagé sans mot dire tout un matin, ils arrivèrent à une prairie couverte d'herbe fraîche au milieu de laquelle coulait un petit ruisseau. Séduits par la douceur du lieu, ils décidèrent de s'y arrêter pour la sieste car l'ardeur de midi se faisait rudement sentir. Et, tandis que l'âne et le cheval paissaient l'herbe que le pré leur offrait, maître et écuyer se lancèrent à l'assaut du sac à provision et mangèrent ce qui s'y trouvait.

Sancho n'avait pas pris la peine d'entraver Rossinante car il n'était pas dans les habitudes de ce brave cheval si placide de caractère de partir à l'aventure. Mais le sort fit — ou le diable qui ne dort jamais des deux yeux — que non loin de là, dans ce même vallon, paissait un troupeau de juments que des muletiers menaient en Galicie. Et Rossinante, qui pourtant était la sagesse même, se prit de l'envie de folâtrer avec mesdames les juments. Dès qu'il les eut senties, sans demander la permission à son propriétaire, il prit le trot pour aller les rejoindre. Celles-ci le reçurent à coups de dents et à coups de pied. Mais, pire encore, les muletiers, voyant qu'il s'en prenait à leurs bêtes, accoururent avec leurs bâtons et lui en assénèrent une telle volée qu'ils l'eurent bientôt jeté par terre, les quatre fers en l'air.

Don Quichotte, voyant comment son cheval se faisait bâtonner, mit la main à l'épée et, entraînant Sancho avec lui, courut sus aux muletiers.

— Ami Sancho, on voit bien que ceux-ci ne sont que basse canaille. Tu peux donc me prêter main-forte pour tirer d'eux vengeance du tort qu'ils ont fait subir à Rossinante !

— Qui parle de tirer vengeance ? répondit Sancho. Ils sont au moins vingt quand nous ne sommes que deux. Et encore, je ne suis pas sûr que nous ne sommes pas un et demi, en fait !

— Qu'importe, répliqua don Quichotte, puisque j'en vaux cent !

Et d'entrée, il donna un tel coup d'épée qu'il fendit en deux un pourpoint dont l'un de ses adversaires était vêtu et, au passage, emporta un petit morceau de l'épaule qu'il couvrait. Ce que voyant, ses camarades, qui étaient aussi nombreux que Sancho l'avait dit, encerclèrent le chevalier et son écuyer de toutes parts et se mirent, avec leurs gourdins, à leur travailler les côtes avec beaucoup d'énergie et d'enthousiasme.

À dire vrai, don Quichotte et Sancho ne tardèrent pas, malgré toute leur vaillance, à rouler au sol, sans connaissance, près des jambes de Rossinante qui ne s'était pas encore relevé.

Les muletiers, voyant le méchant travail qu'ils venaient de faire, s'empressèrent de filer, laissant les deux aventuriers en triste état.

Sancho fut le premier à recouvrer ses esprits et, se trouvant près de son maître, lui dit d'une voix plaintive :

— Aïe ! Aïe ! seigneur don Quichotte, aïe !

— Que veux-tu, mon bon Sancho? dit le chevalier d'un ton tout aussi lamentable.

— Dans combien de jours Votre Seigneurie croit-elle que nous aurons retrouvé l'usage de nos pieds ?

— Je ne sais trop, reprit don Quichotte, mais je crois que ce malheur est de ma faute, pour avoir violé les lois de la chevalerie en tirant l'épée contre des non-chevaliers. Aussi je t'en préviens, mon bon Sancho, si dorénavant un manant nous fait injure, ne t'attends plus à me voir mettre la main à l'épée pour lui. Ce sera toi seul qui le feras pour le châtier tout à ton aise.

— Seigneur, répliqua Sancho, je suis un homme pacifique, doux et calme qui sait supporter toutes les sortes d'injures qu'on peut lui faire car j'ai une femme et des enfants à nourrir. Aussi ne mettrai-je l'épée à la main en aucune manière, que ce soit contre un manant ou contre un chevalier. Ce qui me donne de la peine ce n'est pas l'injure, si injure il y a, car je les pardonne bien volontiers, mais bien les coups innombrables que j'ai reçus.

— Allons, Sancho, cesse de te plaindre.

Les blessures reçues au cours d'une bataille donnent de l'honneur au lieu d'en ôter. Voyons plutôt comment se porte Rossinante car il a largement reçu sa part de l'orage.

— Il n'y a pas à s'en étonner, dit Sancho, puisqu'il est aussi chevalier errant. Ce qui me surprend, c'est que mon âne s'en soit sorti sain et sauf.

— Dans le malheur, reprit don Quichotte, la fortune laisse toujours une porte pour en sortir. Je dis cela car cette bonne bête pourra me porter à la place de Rossinante jusqu'à quelque château où je pourrai me faire panser. Hâtons-nous, avant que quelque infortune ne lui arrive comme il en est arrivé à l'infortuné Rossinante.

— Ce serait bien le diable ! dit Sancho.

Et, en poussant trente « Aïe ! », soixante soupirs et cent vingt malédictions et jurons à l'encontre de qui l'avait mené là, il se mit debout mais en restant courbé à mi-chemin, comme un arc turc, sans pouvoir finir de se redresser. Et, avec toutes ces douleurs, il s'en fut équiper son âne qui, lui aussi, s'était un peu laissé distraire par la liberté excessive de

Y despidiendo treinta ayes y sesenta suspiros y ciento veinte pésetes y reniegos de quien allí le había traído, se levantó, quedándose agobiado en la mitad del camino, como arco turquesco, sin poder acabar de enderezarse; y con todo este trabajo aparejó su asno, que también había andado algo distraído con la demasiada libertad de aquel día. Levantó luego a Rocinante, el cual, si tuviera lengua con que quejarse, a buen seguro que Sancho ni su amo no le fueran en zaga.

ce jour-là. Il fit ensuite se relever Rossinante, lequel, s'il avait disposé d'une langue pour pouvoir se plaindre, ne serait pas demeuré en reste par rapport à Sancho et à son propriétaire.

Puis il installa son malheureux maître en travers sur le dos du baudet, attacha Rossinante derrière l'âne et, tirant ce dernier par le licou, se mit en marche dans ce qui lui sembla être la direction du chemin tout en maudissant les juments, les muletiers et tout ce qui pouvait s'apparenter à leur engeance.

Aventure 5

Qui raconte les démêlés de notre chevalier et de son fidèle écuyer à l'auberge, notamment avec la servante Maritorne.

Il arriva un soir que, à cause d'une de ses mésaventures, don Quichotte fit son entrée dans une auberge allongé en travers de l'âne de son écuyer. Ce que voyant, l'hôtelier demanda à Sancho ce qui lui était arrivé. Celui-ci répondit que son maître était tombé et avait roulé du haut d'un rocher et que, pour ce motif, il avait les côtes meurtries.

Or, il se trouvait que la femme de cet hôtelier, bien au contraire de ce que sont généralement les femmes qui font ce métier, était bonne et charitable ; elle s'occupait volontiers des malheurs de son prochain à seule fin de les soulager. Elle accourut donc pour soigner don Quichotte, et se fit aider de sa fille, une toute jeune personne fort charmante.

Était servante, dans cette même auberge, une fille asturienne large de visage, plate de la nuque, épatée du nez, borgnesse d'un œil et pas très saine de l'autre. En vérité, la

Servía en la venta, asimismo, una moza asturiana, ancha de cara, llana de cogote, de nariz roma, del un ojo tuerta y del otro no muy sana. Verdad es que la gallardía del cuerpo suplía las demás faltas : no tenía siete palmos de los pies a la cabeza, y las espaldas, que algún tanto le cargaban, la hacían mirar al suelo más de lo que ella quisiera. Esta gentil moza, pues, ayudó a la doncella; y las dos hicieron una muy mala cama a don Quijote en un camaranchón que, en otros tiempos, daba manifiestos indicios que había servido de pajar muchos años. En la cual también alojaba un arriero que tenía su cama hecha un poco más allá de la de nuestro don Quijote, y, aunque era de las enjalmas y mantas de sus machos, hacía mucha ventaja a la de don Quijote, que solo contenía cuatro mal lisas tablas sobre dos no muy iguales bancos, y un colchón que, en lo sutil, parecía colcha, lleno de bodoques...

prestance du corps suppléait aux défauts du reste : elle n'avait pas sept palmes des pieds à la tête, et ses épaules, qui lui étaient comme une charge sur le dos, la faisaient regarder le sol plus souvent qu'elle l'aurait voulu. Cette gentille fille, donc, vint aider la demoiselle de la maison. À toutes les deux, elles dressèrent un très mauvais lit à don Quichotte dans un galetas qui montrait toutes les apparences d'avoir servi jadis de grenier à paille pendantde longues années. Dans ce local logeait aussi un muletier, qui avait son lit un peu plus loin que celui de notre don Quichotte. Ce lit, quoiqu'il fût fait des bâts et des couvertures de ses mulets, valait mieux que celui de don Quichotte, qui se composait seulement de quatre planches mal rabotées posées sur deux bancs inégaux et d'un matelas mince au point qu'il avait l'air d'une courtepointe et plein de bosses.

Elles y ajoutèrent deux draps en peau de buffle et une couverture tellement usée qu'on aurait pu en compter les fils sans en manquer un seul puis on installa don Quichotte sur ce méchant grabat. L'hôtelière et sa fille se mirent alors en devoir de l'enduire d'onguent et de lui coller des emplâtres tandis que Maritorne — c'était le nom de la servante — les éclairait.

Pendant cette opération, l'hôtesse, voyant don Quichotte noir et meurtri en tant d'endroits, s'exclama :

— Ceci ressemble plus à des coups qu'aux suites d'une chute.

Sancho, qui ne voulait pas avouer que son maître avait été rossé par des bergers, répondit avec beaucoup d'aplomb :

— La roche où il est tombé avait beaucoup de pointes et aucune n'a manqué de laisser sa trace.

Puis, comme il avait subi, de son côté, une raclée presque aussi sévère que celle de son maître, il ajouta :

— Si vous avez quelques étoupes de reste, je saurai en faire bon usage car les reins me cuisent également.

— Seriez-vous tombé comme lui ? demanda la fille de la maison.

— Non, dit Sancho, mais la frayeur que m'a causée la chute de mon maître m'a fait autant de mal que si j'avais reçu cent coups de bâton.

— Il m'est arrivé de rêver que je tombais, reprit la demoiselle, et de m'éveiller ensuite aussi lasse et rompue que si j'avais chu pour de vrai.

— C'est précisément ce qu'il m'est arrivé, conclut Sancho, sauf que je n'ai pas eu besoin de rêver ni même de dormir pour me trouver en cet état.

Quand ces dames en eurent terminé, don Quichotte se redressa comme il le put sur son séant. Ayant pris la main de l'hôtesse, il la baisa en disant :

— Croyez-le, noble dame, vous pouvez vous dire heureuse de m'avoir accueilli en votre château car j'aurai à tout jamais gravé en ma mémoire le service que vous m'avez rendu et je vous en aurai de la reconnaissance jusqu'à la fin de ma vie. Et si je n'étais pas lié par des serments aux yeux d'une belle ingrate dont je ne veux pas prononcer le nom, ceux de cette aimable demoiselle seraient dès à présent les maîtres de ma liberté.

L'hôtesse, sa fille et Maritorne restèrent confondues devant ces propos qu'elles ne comprirent pas mieux que s'il leur avait parlé grec. Elles devinèrent cependant qu'il s'agissait de galanteries et de remerciements. Après l'avoir remercié à leur tour, elles se retirèrent et Maritorne alla panser Sancho qui en avait grand besoin, lui aussi.

Or il faut savoir qu'elle et le muletier avaient comploté pour ce même soir de se retrouver afin de prendre un peu de bon temps ensemble.

Le rude lit où gisait don Quichotte était le premier du modeste logement. Venait ensuite la natte où, sous une couverture tellement fine qu'on l'aurait dite tondue de près, était allongé Sancho, tout graissé et huilé. Enfin, le plus éloigné de la porte se trouvait le lit du muletier, ainsi qu'on l'a dit. Ce dernier, après avoir nourri et abreuvé ses bêtes comme il se devait, s'était couché et attendait impatiemment que Maritorne tienne sa promesse.

Toute la maison dormait, sauf nos trois personnages. L'un attendait. L'autre, Sancho, cherchait le sommeil que la douleur de ses côtes tenait à distance. Le troisième, don Quichotte, s'imaginait que la fille du château s'était prise d'amour pour lui, ce qui risquait de mettre en péril son honnêteté, et songeait aux moyens de défendre la foi qu'il avait jurée à madame Dulcinée du Toboso.

Ce fut alors que, fidèle à sa promesse, Maritorne, en chemise et déchaussée, entra dans le galetas à pas de voleur.

À peine eut-elle poussé la porte que don Quichotte l'entendit. Se redressant comme il le put malgré ses blessures et ses emplâtres, il la saisit par la main alors qu'elle cherchait son chemin à tâtons dans l'obscurité de la pièce. L'attirant vers lui, il la força à s'asseoir sur le lit sans qu'elle ait pu se débattre ni crier de peur d'attirer l'attention.

Il tâta sa chemise qui, bien que faite de toile de sac, lui sembla être de lin le plus fin. Finalement, il la vit dans son imagination avec tous les charmes des princesses décrites dans les livres et se mit à lui dire d'une voix douce et tendre :

— Je voudrais bien, haute et charmante

dame, pouvoir rendre hommage à votre extrême beauté, mais la foi que j'ai jurée à la sans pareille Dulcinée du Toboso, unique dame de mes plus secrètes pensées, m'en empêche radicalement.

De son côté, Maritorne, qui était follement inquiète de se voir ainsi retenue, faisait de violents efforts pour se libérer sans prêter aucune attention à ses paroles.

Le muletier, lui aussi, avait entendu entrer sa promise. Il écouta très attentivement ce que disait don Quichotte et, jaloux de voir que son amie avait manqué à sa parole au profit d'un autre, il s'approcha du lit. Mais quand il constata que Maritorne essayait désespérément de se dégager tandis que don Quichotte s'efforçait de la retenir, l'affaire lui déplut tout à fait. Étendant le bras, il décocha un formidable coup de poing dans la mâchoire du chevalier amoureux et la lui mit toute en sang. Non content de cette vengeance, il grimpa sur le lit à côté de son rival et se mit à lui secouer les côtes à coups de pied, de bas en haut et de haut en bas, avec beaucoup de vigueur.

Le lit, qui n'était guère solide, ne put pas supporter la charge supplémentaire du muletier. Il s'effondra dans un grand craquement. À ce bruit, l'hôtelier s'éveilla et se mit à appeler la servante. Comme elle ne répondait pas, il se leva et, muni d'une lampe, se dirigea vers le lieu d'où était venu le bruit. Entendant que son maître approchait et redoutant son humeur qui n'était pas commode, Maritorne se jeta dans le lit de Sancho et se roula en boule sous la mince couverture afin de s'y dissimuler.

L'hôtelier entra en jurant et en demandant où diantre était sa servante. Personne ne répondit mais, à ce moment-là, Sancho qui avait fini par s'endormir, sentit que quelque chose lui pesait sur l'estomac. Il crut qu'il avait un cauchemar et se mit à donner à droite et à gauche des coups de poing dont l'essentiel attrapa Maritorne laquelle, excitée par la douleur, perdit toute patience et entreprit sur-le-champ de lui rendre la monnaie de sa pièce.

Sancho, en se sentant traité ainsi sans savoir ni par qui ni pourquoi, se souleva et se cramponna à son ennemi du mieux qu'il le put. Commença alors entre les deux adversaires une lutte des plus ardentes quoique des plus confuses, d'autant que le muletier, délaissant don Quichotte, se mêla de porter secours à sa dame et que l'aubergiste, persuadé que la servante était la seule responsable de ce désordre diabolique, entreprit de vouloir l'en châtier. Tant et si bien que le muletier tapait sur Sancho, Sancho sur la fille, la fille sur Sancho et l'aubergiste sur la fille. Et ils y allaient tous de si bon cœur qu'ils ne s'accordaient même pas un instant de répit pour souffler.

Tandis qu'ils bataillaient ainsi, la lampe vint à s'éteindre de sorte que les coups qu'ils continuèrent d'échanger dans les ténèbres allèrent se perdre à l'aveuglette partout où portaient leurs poings et leurs mains et ne laissèrent pas indemnes un pouce carré de chemise ou de peau.

Or, par hasard, cette nuit-là, un archer de la Sainte-Hermandad* logeait à l'auberge.

* La *Santa Hermandad*, littéralement Sainte-Confrérie, était chargée de la poursuite et du

Quand il entendit le vacarme que faisaient les combattants, il saisit sa trique et la boîte où il rangeait ses titres de police, puis courut au galetas où il pénétra à tâtons.

— Holà ! s'écria-t-il. Arrêtez, au nom de la justice !

Le premier qu'il rencontra fut l'infortuné don Quichotte qui, entre-temps, avait perdu connaissance sous l'effet de la douleur.

Il le saisit par la barbe en criant :

— Main forte à la justice !

Mais comme l'autre ne bougeait pas alors qu'il le secouait par la barbe autant qu'il le pouvait, l'archer pensa aussitôt qu'il était mort et que les autres étaient les meurtriers.

— Que personne ne sorte, s'écria-t-il, on vient de tuer un homme ici ! Qu'on ferme toutes les portes !

À ces cris, les quatre combattants finirent de prendre peur et laissèrent cette bataille

châtiment des malfaiteurs dans les campagnes ; elle disposait de ses propres tribunaux et d'une force armée de fantassins et de cavaliers.

indécise au point où elle en était à l'arrivée de l'archer. Tous se retirèrent discrètement du galetas, l'hôtelier regagnant sa chambre, Maritorne, sa soupente, et le muletier, son lit, tous sauf don Quichotte et Sancho qui ne pouvaient pas bouger de place.

De son côté, l'archer, lâchant enfin la barbe de don Quichotte, alla chercher de la lumière pour pouvoir arrêter les coupables. Ce ne fut pas une mince affaire car l'aubergiste avait soufflé au passage la lampe qui brûlait près de l'entrée pour garantir sa retraite. Il dut allumer une mèche aux braises qui couvaient dans la cheminée.

Entre-temps, don Quichotte avait repris connaissance. Il se mit à appeler son écuyer :

— Sancho, mon bon Sancho, dors-tu ?

— Comment Votre Grâce veut-elle que je dorme alors que tous les diables de l'enfer se sont déchaînés contre moi.

— Ah ! soupira don Quichotte, tu ne crois pas si bien dire, car ce château est enchanté ! Imagine-toi qu'au moment où je me trouvais avec la demoiselle du château dans le plus doux et le plus amoureux entretien, une main qui pendait au bras d'un géant démesuré m'a asséné un si grand coup sur la mâchoire qu'elle en est baignée de sang. J'en déduis que la beauté de cette demoiselle est sous la garde de quelque More enchanté.

— Et moi, dit Sancho, ce sont au moins quatre cents Mores qui m'ont tanné la peau, au point que les coups des bergers d'hier n'étaient que des caresses au regard de ce que je viens de subir.

— Comment, on t'a donc aussi battu? demanda don Quichotte.

— Qu'est-ce que je viens de vous dire? s'écria Sancho.

— Ne te mets pas en peine, mon ami, reprit don Quichotte. Je vais préparer un baume précieux dont je sais la recette avec lequel nous guéririons en un clin d'œil.

Là-dessus, l'archer entra avec sa lampe pour voir celui qu'il avait cru assassiné. Quand Sancho le vit entrer, en chemise, son mouchoir noué sur la tête en guise de bonnet de nuit, il demanda à don Quichotte :

— Ne serait-ce point là votre More enchanté?

Mais son maître lui répondit :

— Les enchantés ne se font voir de personne.

— En tout cas, reprit Sancho, s'ils ne se font pas voir, ils se font bigrement sentir car mon dos et mes épaules cuisent encore.

Les voyant tous deux discuter bien calmement, l'archer s'approcha de don Quichotte et lui demanda :

— Comment cela va-t-il, mon bonhomme?

— À votre place, je parlerais plus courtoisement, répondit don Quichotte. S'adresse-t-on ainsi aux chevaliers errants, espèce de gros balourd?

Fâché de s'entendre insulter par cet homme d'aussi pitoyable aspect, tout engoncé dans des emplâtres, l'archer perdit aussitôt patience et lui jeta à la tête la lampe et l'huile avec. Puis, laissant les lieux dans les ténèbres, il s'en alla.

— Sans aucun doute, dit Sancho, en le voyant soudain disparaître, c'était bien là le More enchanté.

— C'est possible, répondit don Quichotte, mais il ne faut faire aucun cas de ses enchantements ni les prendre avec colère. Lève-toi plutôt, si tu le peux, et demande au seigneur de ce château de te donner un peu de vin, du sel, de l'huile et du romarin, de façon que je puisse composer un baume salutaire.

Sancho se leva, non sans que la douleur de tous ses os ne lui arrache des cris et des soupirs. Il alla trouver l'aubergiste qui lui fournit toutes les provisions demandées puis il les rapporta bien vite à son maître.

Don Quichotte prit tous les ingrédients, les versa dans une marmite et les fit bouillir à grand feu. Quand il estima que leur cuisson était parfaite, il réclama une fiole pour y conserver le précieux liquide ainsi qu'il est coutume de le faire avec les baumes miraculeux. Seulement, on ne put rien trouver d'autre qu'une burette à huile en fer blanc que le chevalier accepta toutefois avec empressement. Ayant transvasé sa préparation, il fit dessus force signes de croix et bénédictions, récitant quatre-vingts patenôtres et autant d'Ave Maria. Sur quoi, il voulut tout de suite essayer sur lui-même les effets de la potion miraculeuse.

Il but donc tout ce qui n'avait pas pu tenir dans la burette mais à peine avait-il fini de boire qu'il fut pris de vomissements. Les efforts qu'il fit furent tels qu'il se trouva tout couvert de transpiration et parfaitement épuisé. Il demanda alors qu'on le couche et qu'on le laisse au lit, tout seul. Il dormit trois heures au bout desquelles il s'éveilla tellement soulagé de ses douleurs qu'il décida de repartir tout de suite pour de nouvelles aventures.

En voyant les merveilleux effets de la potion, Sancho voulut lui aussi goûter du remède mais — est-ce parce qu'il avait l'estomac moins délicat ? — il ne parvint qu'à se donner des nausées, des haut-le-cœur et des sueurs froides, à tel point qu'il crut que sa dernière heure était arrivée.

Finalement, au bout de deux heures environ, ses convulsions se calmèrent peu à peu. Mais, à la différence de son maître, il se trouva tellement rompu et moulu qu'il pouvait tout à peine se tenir debout. Ce fut don Quichotte qui, cette fois, sella Rossinante puis l'âne de Sancho. Il aida ensuite son écuyer à se hisser sur sa bête, chaussa lui-même les étriers et se dirigea vers la porte.

Sur le point de sortir, il s'immobilisa et s'adressa à l'aubergiste en ces termes :

— Seigneur châtelain, tous les jours que durera ma vie je vous serai reconnaissant des grâces que j'ai reçues en votre demeure. Aussi, si vous trouvez dans votre mémoire une offense que vous ayez soufferte, dites-la-moi, et je promets que vous en serez vengé.

— Je n'ai pas besoin que Votre Grâce me venge car, pour ce qui est des affronts, je sais très bien en tirer moi-même vengeance lorsque j'en reçois. Ce que je voudrais simplement, c'est que Votre Grâce paie la dépense de cette nuit, tant la paille et l'orge des animaux que les lits et le souper.

— Comment ! s'écria don Quichotte. C'est donc une hôtellerie ?

— Et de très bonne réputation, répondit l'hôtelier.

— Dans ce cas j'étais dans l'erreur car je

me croyais dans un château. Sachez néanmoins que je ne puis pas payer ce que vous réclamez car ce serait contraire aux règles en vigueur chez les chevaliers errants. En effet, on leur doit assistance en récompense des peines qu'ils se donnent en cherchant les aventures.

Là-dessus, il sortit prestement de l'auberge et gagna aussitôt les champs sans regarder si son écuyer le suivait. Malheureusement pour ce dernier, ce n'était pas le cas.

L'aubergiste, quand il avait réclamé son dû à Sancho, avait obtenu du serviteur la même réponse que du maître. Mais, par manque de chance pour lui, il y avait là, dans la cour de l'auberge, tout un groupe de marchands drapiers en route pour une grosse foire, des gens fort enclins à la plaisanterie et aimant beaucoup rire d'autrui. L'ayant fait descendre de son âne, ils se saisirent de Sancho et, l'un d'eux s'étant emparé de la couverture de l'aubergiste, ils s'en servirent pour le lancer en l'air comme on fait d'un chien en temps de carnaval.

Les cris que poussait le malheureux étaient si forts et perçants que don Quichotte les entendit. Il crut d'abord qu'il s'agissait de quelque nouvelle aventure mais, bien vite, il comprit quel mauvais jeu on faisait jouer à son valet. Il tourna bride et revint à l'auberge au grand trot. Seulement il trouva clos le portail de la cour et ne put rien faire d'autre, comme le mur n'était pas très élevé, que de voir Sancho monter et descendre dans les airs. Il le faisait avec tant de grâce et de facilité que, si la colère ne l'avait pas à demi suffoqué, don Quichotte aurait sûrement éclaté de rire.

Finalement, les drôles finirent par se sentir fatigués. Ils laissèrent enfin partir Sancho qui remonta sur son âne, lui donna du talon et s'en alla, enchanté de n'avoir rien payé, bien que cette économie se fût réalisée aux dépens de ses épaules et de son dos. Il est vrai aussi que l'aubergiste garda son sac, mais Sancho s'en alla avec tant de hâte qu'il ne s'aperçut pas tout de suite de cette perte.

Aventure 6

Des déboires que connut don Quichotte avec les troupeaux de moutons et les bergers qui les menaient.

Il arriva un jour, alors qu'il suivait son maître à travers la chaude campagne de la Manche, que Sancho se sente tout d'un coup si profondément découragé et abattu que ce fut à peine s'il put encore talonner son âne. Don Quichotte, en ne l'entendant plus discourir derrière lui comme il en avait l'habitude, se retourna et, le voyant en aussi piètre état, lui demanda :

— Que t'arrive-t-il, mon bon Sancho, pour que tu fasses plus grise mine qu'un pénitent en carême ?

— C'est que ces aventures que nous cherchons tournent invariablement à la mésaventure. Le mieux à faire serait de rentrer au pays, maintenant qu'est venu le temps des moissons, et de nous occuper de nos affaires au lieu d'aller, comme on dit, de La Mecque à Cordoue et de mal en pitre.

— Que tu sais bien peu de choses en matière de chevalerie, Sancho ! Tais-toi plutôt, et prends patience. Un jour viendra où tu sentiras à ton tour quelle grande et noble chose c'est d'exercer cette profession.

— Cela se peut bien, reprit Sancho, mais depuis que nous sommes chevaliers errants, ou du moins que Votre Grâce l'est, tout ce que j'ai senti n'a été que coups de poing sur coups de bâton et coups de bâton sur coups de poing !

— Sois tranquille, répondit don Quichotte, je compte sur ma bonne étoile pour me procurer sous peu une épée tellement fameuse qu'elle me mettra à l'abri de tous les enchantements. Et alors, nul ennemi ne pourra résister à son tranchant aussi solide que puisse être l'armure qu'il portera.

— Un tel bonheur, répliqua Sancho, ne saurait arriver qu'à ceux qui ont été armés chevaliers. Pour ce qui est des écuyers, bernique !

Nos deux aventuriers s'entretenaient de la sorte tout en cheminant paisiblement quand don Quichotte aperçut un grand nuage de poussière qui venait de leur côté.

— Le jour est enfin venu où sera révélée toute ma valeur ! s'écria-t-il en se tournant

La polvareda que había visto la levantaban dos grandes manadas de ovejas y carneros que, por aquel mismo camino, de dos diferentes partes venían, las cuales, con el polvo, no se echaron de ver hasta que llegaron cerca. Y con tanto ahínco afirmaba don Quijote que eran ejércitos, que Sancho lo vino a creer y a decirle :

—Señor, pues ¿qué hemos de hacer nosotros?

—¿Qué? — dijo don Quijote —; favorecer y ayudar a los menesterosos y desvalidos. Y has de saber, Sancho, que este que viene por nuestra frente le conduce y guía el grande emperador Alifanfarón, señor de la grande vers Sancho. Voici que s'avance vers nous une immense armée.

— Il y en a deux, alors, dit Sancho, car de l'autre côté se lève un semblable nuage de poussière.

En voyant que Sancho disait vrai, don Quichotte se sentit tout transporté de joie car il imagina que c'étaient deux armées qui venaient dans la vaste plaine pour livrer bataille.

La poussière qu'il avait vue était soulevée par deux grands troupeaux de moutons et de brebis qui venaient sur le même chemin de deux directions opposées mais que, à cause justement de la poussière, on ne pouvait pas distinguer tant qu'ils n'étaient pas tout près. Cependant don Quichotte répétait avec tant d'insistance que c'étaient des armées que Sancho finit par le croire et par dire :

— Et maintenant, seigneur, que faut-il faire, nous autres ?

— Que faire ? dit don Quichotte. Apporter notre aide aux faibles et aux opprimés. Il faut déjà que tu saches, Sancho, que cette armée qui vient d'en face est menée et commandée

isla Trapobana ; este otro que a mis espaldas marcha es el de su enemigo el rey de los garamantas, Pentapolín del Arremangado Brazo, porque siempre entra en las batallas con el brazo derecho desnudo.

par le grand empereur Alifanfaron, empereur de l'île de Taprobana; cette autre qui arrive derrière moi est celle de son ennemi, le roi des Garamantes, Pentapolin Bras Retroussé qu'on nomme ainsi parce qu'il entre toujours en bataille avec le bras droit nu.

— Et pourquoi ces deux seigneurs-là se font-ils la guerre?

— Parce que, mon bon Sancho, cet Alifanfaron est tombé amoureux de la fille de Pentapolin, une noble et belle dame, mais que ce dernier ne veut pas la lui donner en mariage s'il ne renonce pas au paganisme pour embrasser la foi chrétienne.

— Sur ma barbe, s'exclama Sancho, s'il n'a pas mille fois raison, ce Pentapolin! Et je l'aiderai du mieux que je pourrai.

— Tu feras ce que tu pourras car pour prendre part à de telles batailles il n'est pas nécessaire d'être armé chevalier.

Sur quoi, don Quichotte entreprit de décrire à Sancho tous les beaux chevaliers qui s'apprêtaient à livrer bataille, avec leurs armes, leurs blasons. La liste est très longue des provinces qu'il mentionna, de toutes les villes grandes et petites, de tous les peuples qu'il cita en leur donnant les attributs et les qualificatifs qu'il avait lus dans ses livres.

Sancho buvait ses paroles. De temps à autre, pourtant, il cherchait vainement des yeux tous ceux que son maître lui désignait.

— Par ma foi, finit-il par dire, j'ai beau regarder, je ne vois pas la queue d'un de ces géants ni de ces chevaliers. Ce doit être des fantômes.

— Comment oses-tu parler ainsi, Sancho? N'entends-tu pas hennir les cavales, battre les tambours, sonner les trompettes?

— Je n'entends rien que des bêlements de moutons et de brebis.

Ce qui était la pure vérité car, désormais, les troupeaux étaient assez proches pour qu'on les entendît.

— C'est la peur qui te retient, Sancho! Allons, si ta frayeur est trop grande, retire-toi! À moi seul, je donnerai bien la victoire au camp que secourra mon bras!

Et don Quichotte de planter ses éperons

dans les flancs de Rossinante pour fondre comme la foudre, lance baissée, sur les paisibles animaux.

— Arrêtez, seigneur, ce sont des moutons, vous dis-je ! Quelle folie est-ce encore là et qu'allez-vous faire ?

Mais ces cris n'arrêtèrent point le valeureux don Quichotte. Au contraire, poussant de hautes clameurs pour rameuter les chevaliers de Pentapolin, il fonça sur les moutons et se mit à les larder de coups de lance.

Les bergers qui menaient les troupeaux lui crièrent d'abord de laisser en paix leurs malheureuses bêtes, mais, voyant que leurs avertissements ne servaient à rien, ils saisirent leurs frondes et se mirent à lui chatouiller les oreilles avec des cailloux gros comme le poing.

Sans se soucier des pierres, don Quichotte courait de-ci et de-là, en criant :

— Où te caches-tu, fier Alifanfaron ? Viens à moi et, de chevalier à chevalier, seul à seul, mesurons nos forces au combat ! Ainsi, je te tuerai pour te punir de ce que tu infliges au brave Pentapolin !

Soudain, lui arriva sans crier gare un galet qui lui ensevelit deux côtes au fin fond de l'estomac. Aussitôt, se croyant mort ou quasiment, il se dessaisit de sa lance pour prendre son épée. Il lui arriva alors un nouveau projectile qui le heurta si fort sur la main qu'il lui écrasa horriblement trois doigts et lui emporta, chemin faisant, quatre ou cinq dents de la bouche.

Telle fut la raideur du coup qu'il contraignit le chevalier à se laisser tomber à bas de son cheval !

Les bergers, croyant qu'ils l'avaient tué, s'empressèrent de pousser devant eux leurs troupeaux et, emportant sur leurs épaules les huit ou dix brebis qu'il leur avait tuées, s'éloignèrent à la hâte.

Sancho s'était tenu à l'écart et s'arrachait la barbe en voyant les folies que faisait son maître et en maudissant l'heure où il l'avait rencontré. Quand il vit qu'il était immobile à terre et que les bergers étaient partis, il s'approcha pour lui dire :

— Ne vous avais-je pas dit que vous alliez

vous attaquer non pas à des armées mais à des moutons ?

— C'est encore un méchant tour de cet enchanteur, mon ennemi, répondit don Quichotte. Il lui est facile, sais-tu, de faire changer les choses ainsi que tu le dis. Pour t'en convaincre, Sancho, monte sur ton âne et suis-les en faisant semblant de rien. Tu verras qu'ils reprendront bientôt leur apparence humaine.

Et comme Sancho se demandait s'il allait suivre ou non ce conseil, il continua :

— Mais n'y va pas tout de suite car j'ai besoin de toi. Dis-moi, combien me manque-t-il de dents ? Je crains bien qu'il ne m'en reste aucune.

Sancho s'approcha de son maître, si près qu'il lui mit presque les yeux dans le gosier.

— Combien de grosses dents étiez-vous dans l'habitude d'avoir de ce côté-ci ? demanda-t-il.

— Cinq, dit don Quichotte, en comptant la dent de sagesse, toutes entières et bien saines.

— Faites bien attention à ce que vous dites, seigneur !

— Cinq, je te dis car, de ma vie, on ne m'en a retiré aucune pas plus qu'il ne m'en est tombé.

— Eh bien ! dit Sancho, de ce côté en bas, Votre Grâce n'en a plus que deux et demie. En haut, ni entière, ni demie, car tout est ras et plat comme le dos de la main.

— Malheur ! s'écria don Quichotte. Voilà la pire des infortunes car une bouche sans dents est un moulin sans meule. Enfin, conclut-il en s'apaisant un peu, il faut que tu saches que ce sont les risques que nous encourons, nous les chevaliers errants. Allons ! fils, remonte sur ton âne, et je te suivrai au rythme que tu voudras.

Ils s'en furent donc, marchant au pas, car la douleur ne permettait pas à don Quichotte d'aller plus grand train.

Bientôt Sancho eut faim et, cherchant son sac, il s'aperçut qu'il ne l'avait plus. Il fit part de cette découverte à don Quichotte qui songeait à tout autre chose qu'à manger et lui répondit que la perte n'était pas si grave.

Ainsi, maudissant tous les chevaliers, géants, enchanteurs, bergers et moutons de la création, Sancho poursuivit-il son chemin, le ventre vide et l'esprit plein de rancœur.

Aventure 7

Qui narre la rencontre que fit don Quichotte avec une lugubre procession.

— Allons, monte sur ton âne, ami Sancho, et va devant ! Je te suivrai où tu iras !

Voilà en quels termes, un matin, don Quichotte s'adressa à son écuyer alors que s'ouvrait en grand une journée qu'il espérait fertile en aventures.

Sancho obéit, et ils cheminèrent ainsi jusqu'à la tombée du jour. Sancho se mit alors à accélérer peu à peu l'allure en espérant trouver enfin où se loger et, surtout, où se nourrir. Il semblait toutefois qu'il était dans les plans de la Providence de les laisser jeûner ce soir-là, tant le maître que le serviteur, car ils eurent beau chevaucher sur la grand-route jusqu'à ce que la nuit soit tout à fait noire, ils ne trouvèrent ni château ni auberge, pas même une simple ferme où passer la nuit.

Or, tandis qu'ils avançaient dans les ténèbres, l'écuyer ayant grand faim et le maître une très forte envie de dormir, ils virent que venaient vers eux de nombreuses lumières, comme autant d'étoiles qui bougeaient. Sancho en fut pétrifié de terreur et son maître lui-même en eut un peu la chair de poule. Immobilisant tous deux leur monture, ils attendirent sans mot dire. Les lumières se dirigeaient vers eux et, à mesure qu'elles approchaient, elles devenaient plus grosses.

Sancho se mit à trembler de tous ses membres tandis que les cheveux se dressaient sur la tête de don Quichotte qui, rassemblant tout son courage, dit cependant :

— Voici venir très sûrement la plus périlleuse des aventures où je devrai montrer ma force et mon courage !

— Hélas, gémit Sancho, si elle est affaire de fantômes comme celles que nous avons traversées jusqu'à présent, je crains bien de n'avoir jamais assez de côtes pour en venir à bout.

— N'aie de crainte, mon bon Sancho ! Fantôme ou pas fantôme, je ne permettrai à personne de toucher fût-ce ton pourpoint, sinon il fera connaissance avec mon épée.

— Mais s'ils vous enchantent comme par le passé, gémit Sancho de plus belle, à quoi me servira votre épée?

C'est alors qu'ils commencèrent à distinguer un grand nombre d'hommes vêtus de longues chemises blanches, et cette vision abattit tant Sancho qu'il se mit à claquer des dents comme s'il avait la fièvre. Il leur fut bientôt possible de voir qu'il y avait une vingtaine au moins de ces gens en blanc, tous à cheval, qui chacun portait une torche, que derrière venaient une litière noire fermée et, enfin, six autres cavaliers couverts de noir jusqu'aux sabots de leurs mules. Comme tous ces fantômes avançaient lentement en murmurant des propos incompréhensibles d'une voix basse et plaintive, la peur et les claquements de dents de Sancho s'augmentèrent encore de beaucoup.

Si cette étrange apparition en un lieu si désert suffit largement à faire sombrer tout courage dans le cœur de Sancho, le contraire arriva pour don Quichotte. Notre chevalier s'imagina en effet que c'était là une aventure telle qu'il l'avait lue dans ses livres : il se figura que la litière transportait un chevalier mort ou gravement blessé dont la vengeance incombait à lui seul. Sans plus réfléchir, il s'affermit sur sa selle et, la lance dressée, se planta au milieu du chemin. Et quand l'étrange cortège fut tout proche, il s'écria d'une voix puissante :

— Halte là ! chevaliers ou qui que vous soyez ! Dites-moi qui vous êtes, où vous allez, d'où vous venez et ce que vous portez en ce brancard fermé ! Selon toute apparence, vous avez fait ou l'on vous a fait un tort qu'il faut que je connaisse car il m'appartient de le réparer.

— Nous sommes pressés, répondit l'un des hommes en chemise, et l'hôtellerie est encore loin. Nous n'avons pas le temps de vous rendre de comptes.

Et, voulant passer tout de même, il piqua sa mule.

Don Quichotte, se sentant très irrité d'une telle réponse, saisit la bête par le mors.

— Halte là ! espèce de malappris ! dit-il. Qu'on me réponde, sans quoi je vous livre bataille !

À ces cris, la mule, qui n'était guère patiente, se cabra et renversa son cavalier. Un valet qui suivait à pied, voyant tomber son maître, se mit à insulter don Quichotte. Lui, qui était déjà fort en colère, abaissa sa lance, chargea l'un des cavaliers en noir et le fit rouler dans la poussière. Puis, se ruant à travers leur troupe, il les chargea et culbuta à qui mieux mieux, semant le désarroi parmi leur troupe. On aurait dit que des ailes avaient poussé à Rossinante tant il était léger et fringant.

Les cavaliers en chemises blanches étaient des gens timides et sans armes, aussi, dès les premiers coups, sautèrent-ils à terre et s'enfuirent-ils à travers champs avec leurs torches, aussi vite que des ombres. Quant à ceux vêtus de noir, ils étaient tellement empêtrés dans leurs longues soutanes que c'est à peine s'ils pouvaient bouger. Don Quichotte put donc, tout à loisir, les bâtonner d'importance avant de les chasser devant lui, restant, à bon marché, maître du champ de bataille.

Sancho, pendant ce temps, le regardait en se disant :

— Sans nul doute, ce maître que j'ai là est aussi brave et vaillant qu'il le dit.

Une torche tombée au sol était restée allumée près du premier cavalier que don Quichotte avait renversé. Guidé par la lueur, le chevalier revint à lui et, posant sur sa poitrine la pointe de sa lance, lui cria de se rendre ou de se préparer à mourir.

— Je ne suis que trop rendu, répliqua l'autre, car je ne puis bouger vu que j'ai la jambe brisée. Mais si vous êtes chrétien, que Votre Seigneurie m'aide plutôt à me relever et s'abstienne de me tuer, sous peine de commettre un grand sacrilège car je suis homme d'Église.

— Mais quel diable vous a mené ici, étant homme d'Église? repartit don Quichotte.

— Qui? répliqua l'homme à terre. Mon malheur, sans nul doute!

— Sachez, dit don Quichotte, qu'un plus grand malheur vous menace si vous ne répondez pas aux questions que j'ai posées.

— Eh bien! dit l'infortuné ecclésiastique,

accompagné de onze autres prêtres que vous avez vus s'enfuir, je viens de la ville de Baeza afin de conduire à Ségovie la dépouille mortelle d'un gentilhomme qui est dans la litière.

— Et qui l'a tué ? demanda don Quichotte.

— Dieu, répondit le prêtre, au moyen d'une fièvre maligne.

— Dans ce cas, répondit don Quichotte, Notre Seigneur m'a dispensé de la peine que j'aurais prise à le venger. Puisque c'est Celui-là qui l'a fait mourir, il n'est besoin que de se taire et de ployer la tête ; je ferais ainsi s'Il m'avait moi-même tué. Mais je veux apprendre à Votre Révérence que je suis don Quichotte de la Manche, le chevalier, et que ma profession est d'aller de par le monde en redressant les torts et en défaisant les injures.

— Je ne sais comment vous vous y prenez avec les torts pour les redresser, dit le prêtre, mais pour ce qui est de ma jambe, de droite qu'elle était, la voici toute tordue et cassée.

— Mais aussi, qu'avez-vous attendu pour me confier votre identité et les motifs qui vous tenaient dehors à pareille heure ! s'exclama don Quichotte. Le mal, savez-vous, a été que, voyant venir ainsi votre troupe, de nuit, tous vêtus de si curieuse façon et marmonnant vos prières de manière si indistincte, je vous ai pris pour des choses mauvaises venues tout droit de l'autre monde. De telle sorte que je n'ai pas pu m'abstenir de faire mon devoir de chevalier en vous attaquant, comme j'aurais attaqué tous les diables de l'enfer s'ils étaient arrivés, comme vous, sur la grand-route, en portant des torches.

— Puisque mon malheur a voulu que je vous rencontre, aidez-moi donc, monsieur le chevalier errant, à dégager ma pauvre jambe de sous cette mule où elle est prise entre la selle et l'étrier.

Don quichotte appela Sancho pour qu'il l'aide à s'acquitter de cette besogne. Mais celui-ci se garda de se presser de venir car il était fort occupé à dévaliser un mulet que les bons prêtres avaient chargé de toutes sortes de provisions de bouche. Ayant transformé son ample manteau en une espèce de giberne et l'ayant empli de tout ce qu'il put y faire tenir, il le chargea sur son âne avant de répondre aux appels de son maître.

Ils parvinrent à tirer le prêtre de sous la mule et à le remettre en selle. Après quoi, don Quichotte lui rendit sa torche et lui conseilla de suivre le chemin qu'avaient pris ses compagnons. Il le chargea en outre de leur demander pardon de sa part pour l'offense qu'il avait été amené à leur faire bien malgré lui.

Sur quoi l'infortuné ecclésiastique s'en alla aussi vite qu'il le put et sans demander son reste, en craignant peut-être que son bizarre interlocuteur ne change brusquement d'humeur. Il ne tarda pas à être hors de vue et don Quichotte eut envie de voir si le corps qui reposait dans la litière était de chair ou d'os.

Mais Sancho, prenant son âne par le licou, pria son maître de le suivre en disant :

— *Seigneur, Votre Grâce s'est sortie de cette périlleuse aventure à meilleur compte que de toutes les précédentes. Ces gens, quoique vaincus et en déroute, il se pourrait*

— Señor, vuestra merced ha acabado esta peligrosa aventura lo más a su salvo de todas las que yo he visto; esta gente, aunque vencida y desbaratada, podría ser que cayese en la cuenta de que los venció sola una persona, y, corridos y avergonzados desto, volviesen a rehacerse y a buscarnos, y nos diesen en qué entender. El jumento está como conviene, la montaña cerca, la hambre carga, no hay que hacer sino retirarnos con gentil compás de pies, y, como dicen, váyase el muerto a la sepultura y el vivo a la hogaza.

qu'ils se rendent compte que c'est une seule personne qui les a vaincus et qu'alors, tout honteux et confus, ils se ressaisissent et se mettent après nous, et qu'ils nous donnent une bonne leçon. L'âne est chargé comme il faut, la montagne proche, la faim presse, il n'y a rien à faire sinon nous retirer d'un bon pas et, comme on dit, que le mort aille à la tombe et le vivant, à table!

Là-dessus, il poussa son grison devant lui et don Quichotte, voyant qu'il avait raison, consentit à le suivre. Ils ne firent pas un bien long chemin entre deux collines, avant de parvenir à un vallon bien abrité où ils mirent pied à terre.

Là, Sancho soulagea son âne d'une partie de sa charge et, installés sur l'herbe douce, ils déjeunèrent, goûtèrent, dînèrent et soupèrent, le tout en une seule fois, en faisant honneur aux viandes froides et autres provisions dont messieurs les prêtres (qui se laissent rarement souffrir quand ils ont le moyen de faire autrement) avaient pris soin de charger le mulet.

Aventure 8

Qui montre comment don Quichotte rendit la liberté à des malheureux qu'on menait en un lieu où ils ne voulaient pas aller.

Le fameux don Quichotte de la Manche et Sancho Pança, son écuyer, avaient pour habitude, aussitôt qu'ils avaient rompu le jeûne, de monter à cheval. Sans prendre aucun chemin déterminé, de façon à mieux se conformer aux façons des chevaliers errants, ils allaient ensuite où les menait la volonté de Rossinante. Celle du maître, en effet, se laissait entraîner par elle, et même celle de l'âne qui suivait toujours en bon camarade, n'importe où que l'autre veuille le conduire.

Ce fut ainsi que, ce matin-là, après avoir vagué çà et là à travers champs, ils finirent par revenir sur le grand chemin qu'ils suivirent à l'aventure, et sans aucun parti pris. Ils allèrent ainsi, droit devant eux jusqu'à ce que don Quichotte, en levant les yeux pour regarder au loin, aperçoive une file d'hommes à pied qui venaient à leur rencontre.

Bientôt il vit qu'il s'agissait d'une douzaine d'hommes enfilés par le cou à une longue chaîne de fer comme les grains d'un chapelet et portant des menottes aux mains. Quatre hommes les accompagnaient, deux à cheval dont un était muni d'une arquebuse et deux à pied armés de piques et d'épées.

Sancho, dès qu'il les aperçut, s'écria :

— Voilà la chaîne des forçats du roi qu'on mène aux galères !

— Forçats, dis-tu ! répondit don Quichotte. Comment est-il possible que le roi fasse violence à quiconque ?

— Je ne dis pas cela, reprit Sancho, mais qu'ils ont été condamnés pour leurs délits à travailler par force.

— Tu admets donc, dit don Quichotte, qu'il s'agit de gens qu'on emmène par force et non pas de leur plein gré.

— Je l'admets très volontiers, dit Sancho en riant.

— Alors, dit don Quichotte, ici se présente l'exercice de mes fonctions qui est d'empêcher les violences et de secourir les malheureux.

— La justice ne fait pas violence à ces gens, reprit Sancho qui commençait à s'inquiéter. Elle les punit à cause de leurs crimes !

Don Quichotte ne l'écoutait plus. Il s'approcha des gardiens et, d'un ton parfaitement poli, les pria de leur dire la raison pour laquelle on emmenait ainsi ces pauvres diables.

— Ce sont des forçats qui vont servir Sa Majesté sur les galères, répondit un des gardiens à cheval. Je n'ai rien de plus à dire ni vous, à demander.

Pourtant, devant l'insistance de don Quichotte, l'autre gardien à cheval finit par dire :

— Monseigneur, nous avons avec nous le registre où sont notées les condamnations de chacun. Seulement, nous ne pouvons pas perdre le temps de nous arrêter pour les laisser consulter. Aussi, si vous le souhaitez, et sans arrêter leur progression, interrogez-les sur ce qui les a menés à leur triste condition. Ils vous répondront s'ils en ont envie et, j'en suis persuadé, ils l'auront car ils aiment à se vanter de leurs mauvais tours!

Aussitôt, notre chevalier, fort de cette permission qu'il aurait du reste prise si on ne la lui avait pas accordée, demanda au premier de la file quels péchés l'avaient conduit là.

— C'est pour avoir été amoureux, répondit-il.

— Quoi, seulement pour ça! s'écria don Quichotte. Si l'on envoie les gens aux galères pour avoir été amoureux, il y a longtemps que je devrais y ramer.

— Quant à moi, reprit le forçat, j'aimais si fort une belle corbeille de linge blanc que si on ne me l'avait pas fait lâcher, je la tiendrais encore tendrement serrée entre mes bras. Seulement on m'a pris en flagrant délit aussi m'a-t-on caressé les épaules de cent coups de fouet avant de m'envoyer faucher le grand pré pendant trois ans.

— Faucher le grand pré? dit don Quichotte sans comprendre.

— Cela veut dire ramer aux galères, dit le forçat.

Don Quichotte répéta sa même question au second qui semblait fort triste et mélancolique mais il ne voulut pas répondre. Son voisin, toutefois, parla volontiers à sa place et dit à don Quichotte qu'il allait aux galères en qualité de chanteur.

— Comment donc! s'écria don Quichotte, on envoie aussi les musiciens aux galères?

— Oh, seigneur! répliqua le forçat, rien au monde n'est pire que de chanter quand on vous fait boire.

— Au contraire, dit don Quichotte, chanter nous aide à supporter nos maux!

— Ici, c'est tout le contraire, répondit le forçat. Celui qui chante une fois pleure toute sa vie!

— J'avoue que je n'y comprends rien, dit don Quichotte.

— Seigneur chevalier, intervint un gardien, dans leur langage, chanter quand on vous fait boire signifie passer aux aveux. Quand on l'a soumis à la torture, ce scélérat a avoué tous ses méfaits, qui étaient de voler du bétail. Depuis, il a tellement honte de lui-même qu'il ne veut plus parler à personne.

Ce qui tombe fort bien car aucun des autres ne veut plus, non plus, lui parler.

— Je trouve que le tort n'est pas entièrement de leur côté, fit remarquer don Quichotte avant de s'adresser au troisième.

— Moi, dit ce dernier, je fais une visite de cinq ans aux galères parce qu'il m'a manqué dix ducats.

— J'en donnerais bien vingt pour vous éviter cette peine, répondit don Quichotte.

— Hélas, dit l'autre, il n'est plus temps ! Si j'avais eu plus tôt cet argent que m'offre Votre Grâce j'aurais graissé la patte au greffier, délié la langue de mon avocat et, à l'heure qu'il est, je serais aussi libre que l'air au lieu d'aller sur cette route tenu en laisse comme un chien.

Derrière tous ceux-là se tenait un homme d'une trentaine d'années, de belle prestance et une bonne figure sauf qu'il louchait. Il était attaché différemment de ses compagnons car une longue chaîne l'entortillait de la taille au cou, enserrant deux barres de fer fixées à des menottes qui lui tenaient les mains. Don Quichotte demanda pourquoi cet homme portait plus de fers que les autres réunis.

— C'est, lui répondit-on, parce qu'il a commis à lui seul plus de méfaits que tous les autres réunis.

Un gardien ajouta que c'était un si téméraire et si rusé coquin qu'ils n'étaient pas même certains, assujetti de chaînes comme il était, de le tenir bien.

— Mais quels forfaits a-t-il donc commis? demanda don Quichotte.

— Il va aux galères pour dix ans, répondit le gardien, et il suffit de dire qu'il n'est autre que le fameux Ginès de Passamont.

— Tout doux, monsieur le commissaire, dit alors le forçat, car vous ne savez pas mieux que les autres qui je suis! Quant à vous, seigneur chevalier, si vous avez quelque chose à nous donner, faites vite car vos questions sur la vie du prochain commencent à nous fatiguer.

— Parlez un peu moins haut, larron de la grande espèce! dit le gardien, ou je vous ferai taire en causant à vos épaules avec ma baguette.

— Je vous ai déjà demandé, seigneur commissaire, de parler plus doux. Ces messieurs les juges ne nous ont pas mis entre vos mains pour que vous nous maltraitiez mais pour que vous nous conduisiez où l'ordonne Sa Majesté. Sinon...

Le commissaire levait sa baguette pour donner à Passamont une réponse à ses menaces quand don Quichotte s'interposa et le pria de ne point le frapper.

— Il n'est pas dérangeant, dit-il, que quelqu'un qui est aussi bien attaché ait, au moins, la langue un peu libre.

Puis s'adressant aux forçats, il ajouta :

— Ce que vous m'avez dit, mes frères, me révèle que bien qu'on vous punisse pour vos fautes, le châtiment n'est pas de votre goût et qu'on vous emmène aux galères tout à fait contre votre gré. Je découvre aussi que, à des titres divers, on vous a privés de la justice qui vous était due. Cela me rappelle que le Ciel a voulu que je fasse profession dans la chevalerie dont la tâche est de porter secours aux faibles qu'oppriment les forts.

Mais comme je sais que la prudence commande de ne pas faire par la violence ce qui peut se faire par la douceur, je prie messieurs les gardiens de vous détacher et de vous laisser aller en paix.

— Parbleu, s'écria le commissaire, voilà une gracieuse plaisanterie ! C'était bien la peine de tarder autant pour accoucher d'une telle idée ! Allons, seigneur, passez votre chemin, sans vous mêler de chercher une cinquième patte à notre chien.

— C'est vous qui êtes le chien, goujat ! s'écria don Quichotte.

Et sans prévenir, il se jeta sur lui et l'étala sur le carreau, sérieusement blessé d'un coup de lance. Le bonheur fut que c'était l'homme à l'arquebuse. Les autres restèrent un moment stupéfaits, mais ils se ressaisirent vite et, empoignant leurs piques et leurs épées, ils assaillirent don Quichotte qui les attendait avec un sang-froid magnifique.

Sans doute ce dernier aurait-il passé un mauvais moment si les galériens n'en avaient profité pour vouloir se libérer. La confusion devint alors si grande chez les gardiens, qui couraient de don Quichotte aux forçats, qu'ils ne faisaient rien qui vaille. De son côté, Sancho aidait Passamont à se détacher, et ce fut lui qui le premier fut débarrassé de ses chaînes. Aussitôt, sautant sur le commissaire qui gisait au sol, il lui prit son épée et l'arquebuse. Puis, les mettant en joue l'un après l'autre, il eut tôt fait de vider le champ de bataille des gardiens qui s'enfuirent dans le plus grand désordre.

Cet exploit affecta beaucoup Sancho car il se douta bien que les fuyards n'auraient rien de plus pressé que d'aller tout raconter à la Sainte-Hermandad* qui enverrait aussitôt ses archers à la recherche des fuyards et de leurs libérateurs. Aussi supplia-t-il son maître de déguerpir au plus vite en s'écartant du grand chemin pour aller se cacher dans la montagne toute proche.

— C'est bien, ami Sancho, répondit don Quichotte, mais je sais ce que je dois faire d'abord.

* Voir la note de la page 92.

Il appela les galériens qui finissaient de dépouiller le commissaire et, une fois qu'ils furent tous assemblés autour de lui, il leur tint ces propos :

— L'un des péchés qui offense le plus Dieu est bien l'ingratitude, aussi vous demandé-je, en paiement des bienfaits que vous avez reçus de moi, de vous mettre en route pour le Toboso et là, de vous présenter avec vos chaînes autour du cou à la douce dame Dulcinée. Vous lui direz alors que vous devez votre liberté tant désirée à son chevalier, celui à la Triste Figure.

Passamont, parlant au nom de tous, répondit :

— Ce que Votre Grâce nous demande est impossible à faire, car nous ne pouvons aller tous ensemble sur ces chemins à cause de la Sainte-Hermandad qui ne va pas manquer de se mettre à nos trousses. Aussi, tout ce que nous pouvons faire c'est de convertir ce voyage au Toboso en autant d'Ave Maria et de Credo que nous dirons à l'intention de Votre Seigneurie.

— Eh bien, dit don Quichotte que la

colère enflammait, je jure Dieu que vous irez, vous le premier, la queue entre les jambes et la chaîne sur le cou !

Passamont n'avait aucun doute sur l'état de don Quichotte, qui avait commis la folie de leur rendre la liberté. Sans vouloir en entendre plus, il fit un signe à ses compagnons. Tous s'écartèrent vivement et, l'instant d'après, une nuée de grosses pierres s'abattit tant sur don Quichotte que sur Sancho, qui tentèrent de s'en protéger comme ils le purent, l'un avec son bouclier, l'autre en se cachant derrière son âne. Très vite, toutefois, ils durent céder sous cette épaisse grêle de cailloux : cheval et chevalier allèrent mordre la poussière, bientôt imités par l'infortuné écuyer. Aussitôt, ces vauriens vinrent au chevalier et lui prirent son pourpoint. Ils lui auraient volé jusqu'à ses bas si l'armure ne les en avait empêchés.

A Sancho le quitaron el gabán y, dejándole en pelota, repartiendo entre sí los demás despojos de la batalla, se fueron cada uno por su parte, con más cuidado de escaparse de la Hermandad que temían que de cargarse de la cadena e ir a presentarse ante la señora Dulcinea del Toboso. Solos quedaron jumento y Rocinante, Sancho y don Quijote; el jumento, cabizbajo y pensativo, sacudiendo de cuando en cuando las orejas, pensando que aún no había cesado la borrasca de las piedras que le perseguían los oídos; Rocinante, tendido junto a su amo, que también vino al suelo de otra pedrada; Sancho en pelota y temeroso de la Santa Hermandad; don Quijote, mohinísimo de verse tan malparado por los mismos a quien tanto bien había hecho.

Ils débarrassèrent Sancho de son manteau court, le laissant quasi nu puis, s'étant partagé les autres dépouilles de la bataille, ils s'en allèrent chacun de son côté, se souciant plus d'éviter la Sainte-Hermandad dont ils avaient peur que de se passer la chaîne au cou pour aller se présenter devant madame Dulcinée du Toboso. Il ne resta plus que l'âne, Rossinante, Sancho et don Quichotte : l'âne, pensif et la tête basse, secouant de temps en temps la tête en pensant que la bourrasque de pierres qui lui persécutait les oreilles n'avait pas encore cessé ; Rossinante, étendu le long de son maître qu'une autre volée de pierres avait jeté au sol ; Sancho en chemise redoutant la Sainte-Hermandad ; don Quichotte très attristé de se voir aussi mal traité par ceux-là mêmes à qui il avait fait tant de bien.

Aventure 9

Qui décrit la pénitence que don Quichotte s'infligea pour l'amour de sa dame et comment il fut enchanté et ramené chez lui.

Don Quichotte et Sancho avançaient tant bien que mal à travers cette montagne hostile et désolée qui a nom Sierra Morena.

Depuis qu'ils y avaient pénétré, don Quichotte se sentait le cœur bondir de joie. Toute la matinée, il chevaucha en silence, passant et repassant dans sa tête les passages de ses livres qui racontaient ce que faisaient dans des lieux semblables, âpres et solitaires, les chevaliers errants. Puis, alors que le soleil entamait tout juste sa descente vers le couchant, il dit à Sancho :

— Il faut que tu saches les raisons qui m'ont amené à venir dans cette montagne.

Sancho, qui s'attendait au pire, ne pipa mot. Après avoir longuement promené le regard sur les solitudes qui l'environnaient, don Quichotte ajouta :

— Je suis venu ici afin d'y accomplir une prouesse capable de rendre éternel mon nom sur toute la surface de la terre.

— Cette prouesse est-elle dangereuse? demanda Sancho.

— Non, répondit le chevalier, encore qu'elle puisse tourner mal. Mais tout dépendra de toi.

— De moi? dit Sancho qu'une telle perspective ravissait peu.

— Oui. Si tu reviens vite d'où je vais t'envoyer, vite finira ma peine et vite commencera ma gloire. Il faut que tu saches que le fameux Amadis des Gaules, le modèle de tous les chevaliers errants, se voyant dédaigné par sa dame, se retira sur la Roche-Pauvre pour y faire pénitence. Ainsi, comme il m'est facile de l'imiter et comme ces lieux sauvages servent parfaitement mon dessein, je ne veux pas laisser passer l'occasion sans la saisir.

— En fin de compte, qu'est-ce que Votre Grâce entend faire en ce lieu isolé? demanda Sancho qui n'y comprenait rien.

— Ne t'ai-je pas dit à l'instant que je voulais imiter Amadis faisant le désespéré, l'insensé et le furieux.

— Ma foi, répondit Sancho, il me semble

que ce seigneur avait de bonnes raisons pour se comporter de la sorte et que vous n'en avez pas. Quelles preuves et, même, quels soupçons avez-vous que madame Dulcinée du Toboso ait commis quelque faribole?

— Eh! Par Dieu! répondit don Quichotte, qu'un chevalier errant devienne fou furieux s'il en a une raison, où est le mérite? Le mérite est de perdre l'esprit sans raison et de démontrer ainsi à froid ce qu'on est capable de faire à chaud.

Devant de tels arguments, Sancho resta bouche close d'autant que don Quichotte, sans lui laisser le temps de répondre, ajouta :

— Aussi, ne perds pas ton temps, Sancho, à me faire tes remontrances. Fou je suis, et fou je resterai, aussi longtemps que tu ne m'auras pas rapporté une réponse de ma dame à la lettre que je vais te confier. Si la réponse est telle que la méritent ma foi, ma dévotion et ma loyauté, ma folie et ma pénitence cesseront aussitôt.

Puis se jetant à genoux, il s'écria d'une voix forte, comme s'il avait perdu la tête :

— Voici l'endroit, ô Ciel ! que j'adopte pour y pleurer l'infortune où vous m'avez fait tomber ! Voici l'endroit où les pleurs coulant de mes yeux augmenteront les eaux de ce petit ruisseau et où mes continuels soupirs agiteront les feuilles de ces arbres. Ô Dulcinée du Toboso, jour de ma nuit, étoile de mon Nord, puisses-tu jeter le regard sur l'état où ton absence m'a réduit ! Quant à toi, fier Rossinante, dit-il en se relevant brusquement, va ! Je te rends à la liberté, moi qui l'ai perdue.

— Ma foi, seigneur, s'écria Sancho, si votre délivrance dépend de la vitesse de ma course, mieux vaudrait que j'aille avec votre cheval. Si je vais sur mon grison, je ne sais quand je reviendrai, tant il est piètre marcheur.

— Fais comme bon te semble, Sancho. Tu partiras dans trois jours, afin que tu aies le temps de voir ce que je fais et que tu puisses le répéter à mademoiselle Dulcinée.

— Qu'est-ce que j'ai à voir en plus de ce que j'ai déjà vu ?

— Il faut à présent que je déchire en pièces

mes habits, dit don Quichotte, que je disperse les morceaux de mon armure et que je fasse des culbutes la tête en bas sur ces roches ainsi que mille autres choses du même genre qui vont susciter ton admiration.

— Pour l'amour de Dieu, que Votre Grâce prenne garde en faisant ses culbutes ! Elle podurrait tomber de telle manière que c'en serait fini de la pénitence ! S'il faut absolument que vous en fassiez, prenez soin de vous installer plutôt sur quelque chose de mou, comme du coton. Quant à moi, je vais partir sans attendre. Je saurai bien raconter à mademoiselle Dulcinée que vous les avez exécutées sur des roches pointues et dures comme du diamant.

Don Quichotte accepta car il avait grande hâte de se retrouver seul pour commencer sa pénitence. Il écrivit à sa dame une lettre dont voici à peu près la teneur :

Souveraine et Haute Dame

Le blessé par le poignard de ton absence, ô très douce Dulcinée du Toboso, te souhaite une bonne santé dont il ne jouit plus. Mon écuyer Sancho te fera le récit, ô belle ingrate, ô mon aimée ennemie, de tout ce que je souffre et endure à ton intention. S'il te plaît de me secourir, je suis tien, sinon, en terminant ici mes jours, j'aurai satisfait à ta cruauté.

Sitôt qu'elle fut rédigée, il en donna lecture à Sancho.

— Par la vie de mon père, s'exclama ce dernier, voilà bien la plus haute pièce que j'aie entendue de ma vie. Peste! comme Votre Grâce y dit ce qu'elle a à dire! Seulement, il y manque la signature.

— Tu as raison, Sancho, répondit don Quichotte que cette constatation parut affecter. L'ennui, c'est que je ne peux point signer cette lettre de mon nom. Ce serait contraire aux usages des chevaliers errants qui usent toujours de pseudonymes.

— Eh bien! usez d'un de ces posdognimes, monseigneur, ou, sinon, mettez le nom d'un autre et que je m'en aille car le soir vient!

— Je vais signer le Chevalier de la Triste Figure, un nom qui me décrit à merveille vu les circonstances. Quant à toi, avant que tu ne partes, je veux que tu me voies nu, sans autres habits que la peau, faire une douzaine ou deux de folies. Cela ne prendra qu'un moment et te permettra d'imaginer toutes celles qui suivront.

— De grâce, monseigneur, j'aurais trop de peine à vous voir agir de la sorte. Attendez plutôt que je me sois éloigné pour commencer et dites-moi plutôt comment trouver cette dame Dulcinée, car hormis le fait qu'elle vit au village du Toboso, je ne sais rien d'elle.

— Eh bien! en te rendant au village du Toboso, tu ne manqueras pas de l'y trouver car c'est là que l'ont élevée Lorenzo Corchuelo, son père, et sa mère, Aldonsa Nogales.

— Quoi! s'exclama Sancho, c'est la fille de Lorenzo Corchuelo qui se trouve être madame Dulcinée du Toboso?

— C'est elle-même, répondit don Quichotte, qui mérite de régner sur tout l'univers.

Il faut croire que la surprise cloua le bec de Sancho pour un bon moment car, sans rien dire d'autre, il sella Rossinante, grimpa dessus et s'en alla sans dire au revoir à son maître pour la raison que celui-ci n'était pas en état de recevoir son salut. En effet, il s'était déjà dénudé et, en pans de chemise, s'était mis à faire des culbutes et des cabrioles, se tenant à la renverse en agitant en l'air ses longues jambes maigres, si bien que Sancho tourna bride au plus vite, jugeant qu'il en avait vu assez pour pouvoir attester auprès de quiconque la folie de son maître.

Dès qu'il eut gagné la grand-route, il prit la direction du Toboso et, la nuit venant, avisa une hôtellerie. Il arrivait devant la porte quand sortirent deux hommes qu'il reconnut comme le curé et le barbier de son village.

— Holà, s'exclama le curé, n'est-ce point là Sancho Pança, l'écuyer de notre ami don Quichotte ?

— C'est bien lui ! s'écria le barbier avant que Sancho ait répondu. C'est d'ailleurs le cheval de son maître qu'il monte.

Sancho s'arrêta et les deux autres, s'étant approchés, lui demandèrent où était son maître. Le fidèle écuyer jugea qu'il valait mieux ne rien dire des nouvelles folies de don Quichotte ; il répondit qu'il était en certain lieu, occupé à des affaires d'extrême importance qu'il ne pouvait révéler.

— Mon bon Sancho, dit alors le barbier, si tu ne nous le dis pas, nous croirons que tu l'as attiré dans quelque coin écarté pour le trucider et le voler, car c'est son cheval que tu montes.

— Oh ! je ne suis homme à tuer ni à voler personne ! Mon maître est dans la montagne à faire pénitence tout à son aise.

Et, sans reprendre une fois son souffle, il leur raconta dans quel état il l'avait laissé et comment il était porteur d'une lettre destinée à madame Dulcinée du Toboso qui n'était nulle autre que la fille de Lorenzo Corchuelo. Bien qu'ils se soient déjà fait une bonne idée de la folie de don Quichotte, les deux hommes restèrent ébahis de ce que leur raconta Sancho ; il leur sembla qu'il était grand temps de mettre à exécution la ruse qu'ils avaient imaginée pour le ramener chez lui.

Ils firent entrer Sancho dans l'auberge et,

tandis qu'on lui portait un souper chaud et du vin, ainsi que de l'orge et de la paille à Rossinante, il leur raconta toutes les aventures qu'il avait eues avec son maître depuis le matin où ils étaient sortis du village. Pour conclure, il annonça qu'aussitôt reçue la réponse de Dulcinée, le chevalier se remettrait en campagne et que ce serait le diable, tant sa valeur était grande, s'il n'arrivait pas enfin à conquérir quelque empire dont il lui donnerait une île à gouverner. Le tout fut débité d'un ton si convaincu que le curé et le barbier s'étonnèrent de voir à quel point la folie de son maître avait été contagieuse.

Aussi, quand Sancho fut allé dormir, le curé et le barbier rejoignirent une certaine Dorothée qui se trouvait à l'auberge parce qu'elle avait fait route avec eux pour aller rejoindre son mari de l'autre côté de la province. À la demande du curé, elle avait accepté de les seconder dans le plan que les deux amis avaient inventé.

Le matin blanchissait à peine les lucarnes de l'écurie où Sancho, qui n'avait pas voulu laisser Rossinante, avait passé une nuit calme et réparatrice quand le curé vint l'éveiller en affichant une grande hâte et une non moins grande préoccupation.

— Ami Sancho, commença-t-il, il est arrivé cette nuit une très grande dame qui recherche ton maître !

Sancho se frotta trois fois les yeux pour essayer de se rappeler où il était, ce qui n'empêcha pas le curé de poursuivre.

— C'est une dame tellement considérable que je ne puis même pas te dire qui elle est car elle voyage en se cachant de ses ennemis. Aussi vas-tu nous conduire au plus tôt auprès de ton maître afin que cette dame lui expose son grief.

Sancho sentit qu'il tenait l'occasion de faire un grand pas vers son gouvernement. Il ne se fit pas prier pour se mettre sur ses pieds et annonça qu'il le ferait bien volontiers. Une pensée l'arrêta pourtant pendant qu'il sellait Rossinante et il s'en ouvrit au curé.

— Mon père, dit Sancho, cela ne se peut pas. Je ne peux en aucune façon me présenter devant le chevalier sans la réponse de madame Dulcinée. D'ailleurs, il a juré qu'il ne mettrait pas fin à ses folies avant de l'avoir entre les mains.

Le curé lui répondit que l'urgence qu'il y avait à secourir la dame en question convaincrait don Quichotte d'interrompre sa pénitence et que Sancho aurait tout le temps de s'acquitter de sa mission une fois cette aventure terminée. Sancho se laissa convaincre.

Aussi, de bonne heure, ce matin-là, une petite compagnie quitta l'auberge en direction de la Sierra Morena. Devant marchait le fier écuyer Sancho Pança, monté sur Rossinante. À petite distance suivait la charmante Dorothée. Venaient ensuite le curé, au pas régulier de sa mule, et enfin, fermant la marche, un homme qui portait une curieuse barbe beige et roux. On l'avait présenté à Sancho comme l'oncle de lait et le grand vizir occulte de la princesse, ce qui l'avait satisfait même si les titres lui étaient inconnus et la silhouette, en revanche, familière. En y regardant de plus près, il aurait reconnu maître Nicolas, le barbier, dont la fausse barbe était d'une aussi étrange couleur parce qu'elle provenait de la queue d'une vache rouanne.

Bientôt, la petite troupe arriva dans les parages où se tenait le Chevalier à la Triste Figure. Sancho exigea d'aller seul devant en prétextant quelque affaire à traiter seul à seul avec lui au préalable. En fait, le bon Sancho craignait surtout que la tenue dans laquelle on trouverait son maître, tenue pourtant nécessaire aux chevaliers errants pour exercer leur pénitence, ne soit pas celle dans laquelle la pudeur d'une demoiselle s'attend à découvrir son champion.

Aussi Sancho courut-il devant pour prévenir don Quichotte. Il lui annonça qu'une très grande dame venait le trouver pour implorer sa protection et son soutien. Et, pour être bien sûr que son maître accepterait de se lancer dans cette aventure dont dépendaient son île et son gouvernement, il lui dit que madame Dulcinée du Toboso l'avait fort courtoisement reçu et lui avait commandé de dire qu'elle autorisait le chevalier à se présenter sous ses yeux aussitôt qu'il aurait conquis un royaume. En l'entendant, don Quichotte poussa de longs soupirs puis s'écria :

— Ô incomparable Dulcinée, je ne te ferai pas attendre et il ne se passera pas beaucoup de temps avant que je t'aie fait hommage de tous ces pays que j'aurai conquis pour toi !

Sur quoi, il entreprit de rassembler ses vêtements et de s'en vêtir.

Le reste de la petite troupe arriva un moment plus tard. Aussitôt Dorothée se jeta à ses genoux en feignant le plus grand émoi.

— Je ne me relèverai pas, vaillant chevalier, dit-elle, avant que vous m'ayez fait la promesse de réparer le tort le plus terrible que la plus infortunée jeune fille ait jamais subi sous la face du soleil.

— Je n'en ferai rien avant que vous ne vous soyez relevée.

— Et moi, je ne me lèverai pas avant que vous m'ayez accordé la promesse que je réclame.

Les choses en seraient peut-être restées là

longtemps si Sancho ne s'était pas approché de son maître pour lui dire :

— Octroyez, seigneur, par la grâce de Dieu, car c'est là l'occasion d'accroître votre gloire ainsi que de tenir parole pour ce que vous m'avez dit à propos de mon île.

— Eh bien ! dit don Quichotte, si cette promesse ne va pas contre les lois de la chevalerie, je vous l'accorde bien volontiers.

Dorothée se leva et se mit à raconter son histoire :

— Je suis, dit-elle, la princesse Micomicona, fille de Tinacrio le Sage, grand roi de Micomicon. Hélas ! seigneur, un sort cruel m'a privée à la fois de mon père et de ma patrie, car à peine celui-ci était-il passé de vie à trépas qu'un cruel géant, Pantafilando de la Sombre-Vue, a fondu sur mon royaume avec son armée et ne m'en a pas même laissé un village où me retirer pour pleurer mon malheur. Après quoi il m'a annoncé que je pourrais mettre fin à mon exil si je consentais à l'épouser.

Don Quichotte, tout bouillant de colère, commençait déjà à rassembler ses armes, tout en continuant d'écouter le récit de la prétendue princesse héritière Micomicona.

— Vous comprendrez, seigneur, que je n'ai pas voulu de ce géant félon, d'autant moins que mon père, avant de mourir, m'avait dit de ne pas chercher à lutter contre lui mais de me rendre en Espagne et d'en ramener le célèbre et valeureux chevalier don Quichotte de la Manche. Lui seul, m'a-t-il dit avant de rendre son dernier souffle, peut défier et vaincre le terrible Pantafilando. Et, là-dessus, il a ajouté que je devrais épouser ce digne chevalier sitôt qu'il m'aurait rendu mon royaume.

— Noble et haute demoiselle, je jure de vous suivre au bout du monde jusqu'à ce que je voie la tête de ce géant et que je la coupe. Mais quand je vous aurai rendu votre royaume, vous resterez libre de faire de votre personne ce que bon vous semblera car, n'étant pas libre de ma foi, je ne saurais épouser personne.

À ces mots, Sancho fut tellement choqué qu'il s'écria :

— Par le diable, seigneur, vous imaginez-vous que la chance va vous courir longtemps après ? Est-ce que, par hasard, madame Dulcinée est plus belle ? Non, mille fois non ! Mariez-vous vite et faites-moi aussitôt marquis et gouverneur !

En entendant proférer de tels blasphèmes contre sa dame, don Quichotte leva sa lance et, sans rien dire, en donna sur les épaules de Sancho deux ou trois coups terribles. Il l'eut sans doute tout à fait assommé si ce dernier n'avait couru se mettre à l'abri derrière la mule de Dorothée d'où il s'écria :

— Ce que j'en dis, moi, c'est que si vous ne vous mariez pas à une princesse, vous ne serez jamais roi et, dès lors, vous ne me ferez pas gouverneur. Épousez une bonne fois celle-ci qui vous tombe du ciel, et retournez auprès de cette dame Dulcinée. Vous agirez ainsi comme font beaucoup de puissants. Pour moi, de la beauté, je ne m'en mêlerai plus. Toutes deux me paraissent très bien, quoique je n'aie jamais vu madame Dulcinée !

— Traître ! s'exclama don Quichotte. Ne viens-tu pas de m'apporter une commission de sa part ?

— Je veux dire, reprit Sancho, que je ne l'ai pas bien vue en détail. Mais, comme cela, en masse, elle me semble assez bien.

Voyant la tournure que prenait la discussion, Dorothée s'entremit et s'empressa de dire :

— Seigneur don Quichotte, il n'y a pas de temps à perdre. Songez au péril où se trouvent mes sujets et à l'affliction qui oppresse mon cœur. Courez, Sancho, demander pardon à votre maître et vous, seigneur, donnez-lui votre main à baiser.

Le chevalier et son écuyer s'étant ainsi réconciliés, tout le monde prit la route de Micomicon qui, par le plus heureux hasard du monde, se trouvait être aussi celle qui ramenait le curé à son village. De la sorte, nos aventuriers et lui n'eurent pas à se séparer.

La nuit était fort avancée quand on parvint à l'auberge. On y entra et, peu de temps après, don Quichotte et Sancho s'endormirent, l'un songeant au géant qu'il allait traîner, couvert de chaînes, aux pieds de Dulcinée, l'autre, qu'il serait sans tarder comte, marquis ou même duc, et gouvernerait toute une île.

Pendant ce temps, le curé et le barbier ne dormaient pas. Avec un charretier qui passait la nuit là, ils convinrent d'un prix pour s'assurer de sa charrette et de ses bœufs. Requérant ensuite l'aide de tous ceux qui se trouvaient à l'auberge et qu'ils avaient informés de la folie de don Quichotte, ils fabriquèrent une cage où un homme puisse tenir à l'aise au moyen de solides bâtons entrelacés.

Puis tous se déguisèrent, celui-ci d'une façon et celui-là de l'autre, en sorte que don Quichotte ne puisse reconnaître personne des gens qu'il avait déjà rencontrés. Ils s'approchèrent alors du pauvre chevalier qui dormait sans méfiance et lui lièrent les pieds et les mains étroitement serrés si bien que, s'éveillant en sursaut, il sentit qu'il ne pouvait plus bouger. Aussitôt il s'imagina qu'il était de nouveau la victime d'un enchantement comme le curé et le barbier l'avaient prévu quand ils avaient conçu le stratagème.

On le sortit de sa chambre à dos d'homme et, tandis qu'on l'installait dans la cage que l'on avait posée sur la charrette, le barbier, contrefaisant sa voix, s'écria :

— Chevalier à la Triste Figure, n'éprouve aucun inconfort à cause de la prison où l'on t'enferme ! Il doit en être ainsi pour que tu achèves plus promptement la tâche que tu t'es fixée.

Sancho qui s'était réveillé lui aussi avait reconnu les participants à cette mascarade. Mais il n'osa rien entreprendre avant de voir comment tournait cette nouvelle aventure. Voyant que son maître se laissait enfermer sans manifester de réticence, il se tint pour satisfait et s'apprêta à le suivre dans son étrange équipée.

On se mit en route en laissant s'en aller Dorothée qui devait rejoindre au plus vite son royaume de Micomicona afin d'y attendre l'arrivée prochaine du chevalier. Par la même occasion, mais don Quichotte n'en sut rien, elle poursuivit sa route afin de retrouver son mari dans la ville éloignée de la province, comme on l'a dit.

Lorsqu'il se vit enfermé dans la cage et traîné sur le chemin au pas des bœufs, dont on sait qu'il n'est pas vraiment vif, don Quichotte se dit :

« J'ai lu bien des histoires de chevaliers errants, et des plus graves, mais je n'ai jamais lu ni vu ni entendu qu'on emmenait les chevaliers enchantés de cette manière, avec la lenteur inhérente à ces animaux nonchalants et mous. On a toujours coutume de les emporter dans les airs, avec une légèreté extraordinaire, enfermés dans un gris et obscur nuage ou dans un char de feu ou sur le dos d'un hippogriffe ou d'un animal similaire. Mais sur un char à bœufs, voilà qui me confond ! Peut-être les chevaliers et les enchanteurs actuels suivent-ils une autre voie que ceux du temps jadis ? »

Tout le temps que dura le voyage, le curé et le barbier qui avaient repris leur apparence normale se relayèrent auprès de don Quichotte pour le convaincre du bien qu'il aurait à retourner paisiblement en son village pour y demeurer. Don Quichotte resta à les écouter sans rien répondre, mais

«Muchas y muy graves historias he yo leído de caballeros andantes, pero jamás he leído ni visto ni oído que a los caballeros encantados los lleven desta manera y con el espacio que prometen estos perezosos y tardíos animales; porque siempre los suelen llevar por los aires, con estraña ligereza, encerrados en alguna parda y escura nube, o en algún carro de fuego, o ya sobre algún hipogrifo o otra bestia semejante.»

ils voyaient bien à sa mine qu'il était résolu à faire tout le contraire. Ils tentèrent aussi, autant qu'ils le purent, d'empêcher Sancho de s'entretenir seul avec son maître, car il paraissait que la folie de l'un alimentait celle de l'autre comme deux vases qui se communiquent leur trop-plein.

Finalement, alors qu'ils cheminaient, Sancho profita du soir pour se glisser auprès de don Quichotte et lui dire :

— Retournons au village en compagnie de ces messieurs qui veulent votre bien. Nous y serons à notre aise pour préparer une autre sortie qui tournera au profit de notre réputation.

— Tu parles d'or, ami Sancho. Ce sera prudence à nous d'y laisser passer la période de malchance où nous sommes en ce moment.

Au bout de six jours, ils parvinrent au village.

C'était au milieu de la journée qui se trouva être un dimanche. Les habitants étaient réunis sur la place, devant l'église; quand ils reconnurent leur voisin, ils furent tous frappés de stupeur. Les moins effarées ne furent pas la nièce et la gouvernante de don Quichotte de voir leur oncle et maître arriver emprisonné dans une cage sur un char à bœufs, maigre et jaune comme une momie, exténué. Ce fut pitié d'entendre les soupirs et les cris qu'elles jetèrent tandis qu'elles couchaient don Quichotte dans sa chambre. En effet, malgré le calme et la bonne volonté dont il fit montre, elles demeurèrent persuadées qu'elles en seraient à nouveau privées aussitôt qu'il irait un petit peu mieux.

Aventure 10

Qui relate la surprenante visite que fit don Quichotte à sa dame, mademoiselle Dulcinée du Toboso.

Cela faisait déjà plus d'un mois que don Quichotte demeurait chez lui, au lit, à se reposer et se remettre de ses blessures. Il était jalousement veillé par sa nièce et sa gouvernante qui s'ingéniaient à lui donner à manger des choses réconfortantes pour le cerveau.

Il sembla enfin qu'à force de bons soins le malade recouvrait peu à peu l'usage de son bon sens. Il s'asseyait dans son lit, coiffé d'un bonnet de laine rouge et vêtu d'une veste verte, et tenait des propos si sensés et raisonnables que le curé et le barbier, appelés en consultation, furent tous deux convaincus qu'il avait bel et bien retrouvé sa raison. À cette nouvelle, la nièce et la gouvernante versèrent des larmes de joie et relâchèrent la garde qu'elles montaient autour de don Quichotte.

Ce qui fit qu'un matin, ce dernier entendit des cris dans le couloir, devant sa porte. D'un côté, la gouvernante traitait un visiteur de malotru, de canaille et de sac à malices. D'un autre, ledit visiteur répondait qu'il voulait voir le seigneur du lieu et vouait son interlocutrice à tous les diables. Reconnaissant Sancho, don Quichotte appela la gouvernante et ordonna qu'on le laisse entrer.

— Monsieur, dit Sancho après s'être enquis de la santé de son maître, j'ai l'honneur de vous annoncer, au cas où vous voudriez partir pour de nouvelles aventures, que ma femme s'est résignée à me laisser aller avec vous. Elle est même fort heureuse que je le fasse pour peu qu'on m'alloue des gages fixes sous forme d'argent que Votre Grâce me verserait chaque mois.

— Je te comprends, mon bon Sancho, dit don Quichotte, et te fixerais volontiers des gages si l'un de mes livres m'avait laissé entrevoir ce que gagnait un écuyer, que ce soit au mois ou à l'année. Je sais seulement qu'ils suivaient leur maître et que, quand la chance souriait, ils étaient récompensés avec une île à gouverner. Aussi, je te le dis tout net, rentre chez toi annoncer ces conditions à ta femme. Si elles lui agréent, prépare-toi à partir car je compte me remettre bientôt en campagne. Sinon, reste dans ta maison et nous nous quitterons bons amis. Pour ma part, je ne manquerai pas de trouver à la première occasion un écuyer plus obéissant et, surtout, moins discoureur que toi !

Ce discours ferme affecta beaucoup Sancho car il n'aurait jamais pu se figurer que son maître pourrait s'en aller sans lui. Après avoir réfléchi longtemps et bien hésité, il s'écria :

— Je ne viens pas, seigneur, d'une race d'ingrats ! Ce que j'ai demandé à propos de mes gages, c'était histoire de faire plaisir à ma femme. Mais enfin il faut que l'homme soit l'homme et la femme, la femme, aussi, mettons-nous en route sans perdre de temps, car je m'offre à vous servir fidèlement et loyalement, aussi bien et même mieux que le fit jamais écuyer de chevalier errant !

Alors, ils tombèrent dans les bras l'un de l'autre, réconciliés. Ils convinrent de se donner trois jours avant de partir, le temps de se munir de tout ce qui était indispensable et de tout l'argent que don Quichotte put rassembler.

Puis nos deux aventuriers s'en furent, un soir, sans que personne les voie.

— Ami Sancho, déclara don Quichotte, dès qu'ils se trouvèrent à quelque distance du village, hâtons-nous de faire route vers le Toboso. J'ai résolu d'y aller avant de m'engager dans une autre aventure. Une fois là, je demanderai sa bénédiction à la sans pareille Dulcinée car je crois qu'avec elle je pourrai mener à bien les plus périlleuses des aventures.

Sancho ne répondit rien et s'efforça de faire bonne figure. Pourtant cette visite ne lui sembla augurer de rien de bon car il redoutait les réactions de son maître si ce dernier se rendait compte qu'il lui avait menti. Un peu plus tôt, en effet, don Quichotte l'avait envoyé remettre une lettre à Dulcinée. Sancho avait affirmé qu'il avait rencontré la dame et qu'elle avait répondu favorablement aux compliments de son maître. Or cela n'avait aucun rapport, même lointain, avec la réalité, en particulier parce que notre valeureux écuyer, au lieu d'effectuer le voyage, était resté à proximité tout le temps de son ambassade fictive.

Le lendemain de leur départ, ils parvinrent en vue du Toboso, ce qui réjouit l'âme de don Quichotte parce qu'il allait voir Dulcinée et attrista celle de Sancho, parce qu'il ne l'avait jamais vue. Par souci de discrétion, cependant, le chevalier décida d'attendre la nuit pour entrer en ville, et les deux voyageurs se retirèrent dans un vallon ombragé pour le reste de l'après-midi.

Il était tout juste minuit, ou à peu près, quand ils en sortirent et pénétrèrent dans le village. Sauf pour les aboiements des chiens, il y régnait le plus grand silence car ses habitants dormaient comme cela se fait dans beaucoup de villages à pareille heure tardive. De temps à autre, un âne se mettait à braire, un cochon à grogner, un chat à miauler, des bruits qui prenaient une forte ampleur dans le silence et qui suscitaient chaque fois l'émoi de Sancho.

Don Quichotte fit environ deux cents pas avant de parvenir devant un haut bâtiment qu'il prit d'abord pour l'alcazar où vivait Dulcinée du Toboso.

— Avec un peu de chance, dit-il, nous la trouverons éveillée.

Pourtant, après l'avoir examiné, il dut convenir :

— C'est l'église, Sancho, que nous avons rencontrée.

Et il se remit à la recherche du château, par les rues, il faut le dire, pas très nombreuses, du village. Il s'y perdit pourtant tant et si bien que l'aube les surprit avant qu'ils aient rien trouvé.

— Seigneur, lui dit Sancho, il ne serait pas prudent que le soleil nous surprenne ici, dans la rue. Sortons de la ville et que Votre Grâce m'attende. J'irai voir mademoiselle Dulcinée de votre part et lui demanderai qu'elle arrange une façon de vous rencontrer sans compromettre son honneur ni sa réputation.

— Le conseil que tu me donnes là, répondit don Quichotte, je le reçois avec bonheur car il renferme plus de sagesse qu'un livre de proverbes en son entier. Allons chercher un endroit où attendre puis tu iras voir et entretenir ma dame.

Sancho brûlait de l'envie de tirer au plus vite son maître hors du bourg, de peur qu'il ne découvre son mensonge, aussi ne se fit-il pas prier pour l'emmener dans un petit bois de chênes qu'ils trouvèrent à une demi-heure environ de la sortie du village.

Quand ils y furent, don Quichotte ordonna à son écuyer de retourner en ville pour demander de sa part à mademoiselle Dulcinée de paraître devant lui afin de lui donner sa bénédiction. Sancho l'écouta attentivement et promit de s'acquitter de sa mission aussi bien cette fois-ci que la précédente.

— *Va, fils, répliqua don Quichotte, et ne te trouble pas quand tu te verras face à la lumière du soleil de beauté que tu vas chercher. Heureux es-tu, plus que tous les écuyers au monde! Garde bien en mémoire comment elle te reçoit, si elle change de couleur pendant que tu exposes ce qui motive ton ambassade, si elle se décompose et se trouble en entendant mon nom, si elle ne tombe pas à la renverse sur un coussin dans le cas où elle serait assise sur la riche estrade de son salon de réception. Si elle est debout, regarde si elle se pose tantôt sur un pied, tantôt sur l'autre, si elle répète la réponse*

— Anda, hijo, replicó don Quijote, y no te turbes cuando te vieres ante la luz del sol de hermosura que vas a buscar. Dichoso tú sobre todos los escuderos del mundo; ten memoria y no se te pase della cómo te recibe, si muda las colores el tiempo que la estuvieres dando mi embajada, si se desasosiega y turba oyendo mi nombre, si no cabe en la almohada si acaso la hallas sentada en el estrado rico de su autoridad y, si está en pie, mírala si se pone ahora sobre el uno ahora sobre el otro pie, si te repite la respuesta que te diere dos o tres veces, si la muda de blanda en áspera, de aceda en amorosa, si levanta la mano al cabello para componerle, aunque no esté desordenado.

qu'elle te donne deux ou trois fois, si elle la change de douce en amère, ou d'acide en amoureuse, si elle porte la main à sa chevelure pour l'arranger quoiqu'elle ne soit pas décoiffée. Si tu me racontes bien tout tel que ça s'est passé, j'apprendrai ce qu'elle a de caché au fond du cœur au sujet de mes amours.

Sur quoi, comme Sancho l'assurait qu'il serait attentif à tout, don Quichotte entra sous les arbres et, la tête appuyée sur sa lance, se mit à attendre, plein d'inquiétude, que Sancho s'en revienne de son ambassade.

Ce dernier monta sur son âne et le talonna avec énergie mais, à peine se fut-il un peu éloigné, qu'il tourna la tête. Voyant que don Quichotte ne pouvait plus l'apercevoir, il s'assit au pied d'un arbre.

« À présent, frère Sancho, se dit-il, il s'agit de savoir ce que vous allez faire. Que risque-t-il de vous arriver si vous révélez à votre maître que vous ne connaissez pas cette demoiselle Dulcinée ? — Il risque fort de vous en cuire ! Et que pensez-vous que les habitants de Toboso sont tout à fait à même

de vous faire si vos questions leur apprennent que vous essayez de débaucher leurs filles?
— De vous moudre les côtes avec leurs gourdins! Donc, frère Sancho, suivez mon avis et trouvez quelque ingénieux moyen pour vous tirer de ce mauvais pas.»

Il en était là de ce riche monologue intérieur quand l'idée lui vint que, si don Quichotte avait pris les moulins pour des géants, les moutons pour des soldats et les auberges pour des châteaux, il n'aurait pas de mal à lui faire croire que la première qui viendrait sur le chemin ne serait autre que mademoiselle Dulcinée.

Cette pensée mit l'âme de Sancho en repos et il resta couché sous l'arbre assez de temps pour que l'on croie qu'il s'était acquitté de sa mission. Puis, apercevant que trois paysannes sortaient du village, montées sur autant de bourriques, il revint prestement auprès de son maître et lui annonça que mademoiselle Dulcinée en personne même s'était mise en route pour le rencontrer en rase campagne et qu'elle approchait, accompagnée de deux suivantes.

— Sainte Vierge! s'écria don Quichotte. Que dis-tu, ami Sancho? Ne cherche pas, je t'en conjure, à guérir mes authentiques tristesses par de fausses joies.

— Que Votre Grâce donne de l'éperon et bientôt elle verra venir notre maîtresse parée comme il se doit! Elle et ses suivantes, voyez-vous, sont parées d'or, d'épis de perles, de diamants et de rubis comme une chasse de reliques, et sont revêtues sur dix épaisseurs de lourds brocarts brodés qui tombent jusqu'aux sabots des trois merveilleuses canaquées blanches qu'elles montent.

— Tu dois vouloir dire, haquenées, dit don Quichotte.

— De canaquées à haquenées, il n'y a pas si loin, dit Sancho. Allons-y et vous verrez bien. Il y a de quoi en tomber raide.

Ils se mirent en route et, sortant du bois, ils furent bientôt en vue des trois paysannes. En les apercevant, don Quichotte, qui ne voyait en elles que des paysannes, se troubla et demanda à Sancho s'il avait laissé mademoiselle Dulcinée en ville.

— Comment, seigneur, ne la voyez-vous

point qui vient à vous, plus resplendissante que le soleil en plein jour?

— Je ne vois, Sancho, que trois paysannes sur trois bourriques.

— Que Dieu me délivre du diable! s'exclama Sancho. Est-il possible que trois canapées aussi blanches que neige vous semblent être des bourriques?

— Je répète que ce sont des bourriques, aussi vrai que je suis don Quichotte et toi Sancho Pança. Du moins, est-ce ce que je vois!

— Voyons, monseigneur! comment pouvez-vous croire pareilles choses, dit Sancho. Faites plutôt la révérence à la dame de vos pensées que voilà maintenant tout près de nous.

Sur ces mots, il sauta à bas de son âne, il prit au licou la monture de la première dame puis, se mettant à genoux, lui dit :

— Reine de haute beauté, que Votre Grandeur ait la bonté et la grâce d'accueillir ce chevalier, votre captif, que la contemplation de votre magnificence transforme en statue de marbre. Je suis son humble écuyer, Sancho Pança, et lui s'appelle don Quichotte connu aussi comme le Chevalier à la Triste Figure.

À cet instant, don Quichotte se jeta à genoux au côté de Sancho et, les yeux hagards, regarda celle que Sancho appelait madame. Et comme il ne découvrait en elle qu'une fille de village, et encore pas très favorisée par la nature car elle avait le nez écrasé et la face bouffie, il demeurait stupéfait sans oser ouvrir la bouche.

Les trois paysannes furent d'abord étonnées de ces hommes qui ne les laissaient pas passer puis celle à qui Sancho s'était adressé rompit le silence pour dire d'un ton grognon :

— Gare du chemin, nom d'un chien ! Et laissez-nous passer !

— Ô princesse ! répliqua Sancho. Ô dame universelle du Toboso ! comment votre cœur magnanime ne s'attendrit-il pas à voir ses serviteurs agenouillés de la sorte ?

À ces mots, l'une de celles qui se tenaient en arrière s'écria :

— Va raconter ça à mon grand-père ! Et viens ici que je te frotte le museau, baudet de mes fesses ! Voyez-moi ces citadins qui viennent se moquer des villageoises, comme si nous n'étions pas capables de dire des grossièretés autant qu'eux! Passez votre chemin et laissez-nous continuer le nôtre ou il vous en cuira!

— Relève-toi, Sancho! dit alors don Quichotte. Je le vois bien, la malchance n'est pas rassasiée de mon malheur. Si l'enchanteur qui me poursuit a jeté sur mes yeux un voile qui m'empêche de voir la céleste beauté de ma dame et transforme son visage en celui d'une vulgaire paysanne, il a sans doute couvert le mien d'un masque immonde sous lequel elle ne peut pas me reconnaître.

Sancho, trop heureux de voir combien sa ruse avait réussi, lâcha la dame qui, se voyant enfin libre de repartir, piqua sa bourrique avec un clou. Elle y mit tant d'énergie que la brave bête, incommodée par cette piqûre plus forte que d'habitude, rua des quatre fers et jeta mademoiselle Dulcinée par terre.

Avant, toutefois, que don Quichotte et Sancho aient eu le temps de lui venir en aide, la paysanne se releva de sur son séant, prit quelques pas d'élan et, posant les deux mains sur la croupe de sa bête, sauta sur le bât. Là, juchée à califourchon comme un homme, elle donna du talon à sa monture autant qu'elle put. Ses compagnes l'imitèrent et, en un instant, toutes trois furent hors de vue.

Don Quichotte les regarda longuement s'éloigner puis il se tourna vers Sancho.

— Que t'en semble, ami Sancho ? dit-il. Vois-tu la haine des enchanteurs ? Car il faut que je te l'avoue, alors que je m'approchais de Dulcinée pour l'aider à se remettre en selle, elle m'a envoyé une odeur d'ail qui m'a soulevé le cœur.

— Maudites canailles que ces enchanteurs ! reprit Sancho.

— Hélas, soupira don Quichotte, je le répète et ne cesserai de le répéter, je suis le plus malheureux des hommes.

Le rusé Sancho eut du mal à ne pas éclater de rire en entendant les plaintes de son maître qu'il avait si finement dupé.

Finalement, après beaucoup d'autres soupirs, ils prirent la route de Saragosse en espérant y arriver à temps pour les fêtes solennelles qui s'y célèbrent chaque année.

Aventure 11

Qui explique comment don Quichotte devint le chevalier des Lions.

L'histoire raconte qu'un jour où don Quichotte appela Sancho pour qu'il lui apporte son casque, l'autre était en train d'acheter du fromage blanc à des bergers. Pressé par les cris de son maître, et ne sachant pas que faire de ce fromage ni dans quoi l'emporter, il imagina, pour ne pas le perdre, car il l'avait déjà payé, de le mettre dans le casque de son seigneur. Après quoi, il vint voir ce que don Quichotte lui voulait.

— Donne-moi mon casque, ami Sancho, lui dit ce dernier. Ou je sais peu de choses en matière d'aventures ou celle que je découvre là-bas m'oblige dès à présent à prendre les armes.

Sancho regarda dans la direction qu'il montrait et ne vit rien approcher d'autre qu'un chariot avec deux ou trois petites banderoles. Il le dit à don Quichotte qui ne voulut pas l'écouter, toujours persuadé que tout ce qui lui arrivait devait être aventure sur aventure.

— L'homme prêt au combat s'est déjà à moitié battu, répondit-il. Je ne perds rien à me préparer car si je sais que j'ai des ennemis visibles et invisibles, j'ignore quand, où et sous quel aspect ils viendront m'attaquer.

Sur ces excellentes paroles, il réclama de nouveau son casque. Sancho fut bien obligé de le lui donner comme il était, sans avoir eu le temps d'en retirer le fromage. Don Quichotte, ne remarquant pas ce qu'il y avait dedans, se l'emboîta sur la tête en toute hâte. Le fromage se trouvant comprimé entre le fer et le crâne, le petit-lait commença à couler sur le visage et sur la barbe de don Quichotte ce qui lui causa un tel effroi qu'il demanda à son écuyer :

— Que se passe-t-il, Sancho ? On croirait que mon crâne s'amollit ou que ma cervelle fond. À moins que je ne sue mais, crois-moi, ce n'est pas de peur. Donne-moi quelque chose pour m'essuyer les yeux car la sueur me coule si fort du front qu'elle me rend aveugle.

Sans rien dire, Sancho lui passa un

mouchoir tout en rendant grâce à Dieu qu'il n'ait pas deviné le fin mot de l'histoire. Don Quichotte s'essuya le visage puis ôta son casque pour voir ce qui lui faisait froid à la tête. Quand il vit qu'il était tapissé d'une bouillie blanche, il se l'approcha du nez, et dès qu'il l'eut sentie :

— Par la vie de madame Dulcinée, s'écria-t-il, c'est du fromage mou que tu as mis là-dedans, écuyer malappris !

Sancho, qui avait vu venir l'orage, répondit avec beaucoup de calme et en feignant la plus parfaite innocence.

— Si c'est du fromage blanc, dit-il, je le mangerai volontiers. Ou, plutôt, que le diable le mange, car c'est lui qui l'a mis là. Est-ce que j'en aurais eu l'audace, moi ? Ha ! j'ai sûrement aussi des enchanteurs qui me persécutent en tant que serviteur de Votre Grâce. Ils auront utilisé ce fromage pour exciter votre colère mais ils en seront pour leurs frais. Monseigneur sait bien que si j'en avais eu, je l'aurais mis dans mon estomac plutôt que dans son casque !

— Tout est possible, ma foi, dit don Quichotte, tout en finissant de s'essuyer.

Sur ces entrefaites, le char aux banderoles arriva. Il n'y avait d'autres personnes que le charretier, monté sur ses mules, et un homme assis à l'avant de la voiture. Don Quichotte se planta au milieu du passage et leur dit :

— Où allez-vous et que menez-vous dans ce chariot ?

Le charretier répondit :

— Ce chariot m'appartient. Ce que j'y transporte, ce sont deux beaux lions dans leurs cages que le gouverneur d'Oran envoie à Sa Majesté le roi.

— Les lions sont-ils grands ? demanda don Quichotte.

— Si grands, répondit l'homme qui était juché sur la voiture, que jamais il n'en est venu d'aussi grands d'Afrique en Espagne. Je suis leur gardien et j'en ai conduit beaucoup d'autres, mais comme ceux-là, aucun. Il y a un mâle et une femelle. Le lion est dans la cage de devant, la lionne dans celle de derrière, et ils sont affamés car ils n'ont pas encore mangé d'aujourd'hui.

Alors don Quichotte, se mettant à sourire :

— De petits lionceaux qui viennent à moi ! dit-il. Parbleu ! ce sont des nécromants qui les envoient ! Ils vont voir si je suis homme à avoir peur de lions. Descendez, mon brave homme, et ouvrez-moi les cages pour faire sortir ces fauves. Je leur ferai savoir qui est don Quichotte de la Manche au nez et à la barbe des maudits enchanteurs qui les envoient.

En l'entendant, Sancho accourut auprès de lui.

— Ah ! seigneur, s'écria-t-il, les chevaliers errants doivent seulement entreprendre des aventures qui offrent une chance de succès ! Ces lions ne viennent pas vous attaquer et, en outre, ils appartiennent à Sa Majesté. Vous feriez mal en les empêchant de poursuivre leur voyage.

— Suffit ! Sancho ! répondit don Quichotte. Occupe-toi de ton grison et laisse-moi faire mon métier.

Puis, se tournant vers le gardien :

— Je jure, lui dit-il, que si vous n'ouvrez pas ces cages bien vite, je vous cloue au chariot avec ma lance.

Le charretier lui dit alors :

— Que Votre Grâce veuille bien me laisser dételer mes mules et gagner avec elles un lieu sûr avant que les lions ne sortent. S'ils me les tuaient, je perdrais tout car je ne possède pas d'autre bien que mon chariot et ces mules.

— Ô homme de peu de foi ! répondit don Quichotte, fais ce que tu voudras mais tu verras que tu t'es donné cette peine pour rien.

Le charretier sauta à terre et détela ses mules en toute hâte tandis que le gardien des lions disait :

— Je vous prends à témoin que c'est contre ma volonté que je lâche les lions. Tout le mal qu'ils pourront faire sera de sa faute ! Hâtez-vous tous de vous mettre à l'abri avant que je leur ouvre, moi je suis sûr qu'ils ne me feront aucun mal.

Lorsque Sancho entendit le gardien parler

ainsi, il supplia don Quichotte d'abandonner son projet de combat.

— Prenez garde, seigneur, dit-il les larmes aux yeux. Il n'est pas question d'enchantement ici. J'ai vu une griffe de lion véritable à travers les grilles, et j'en conclus que l'animal auquel elle appartient est plus gros qu'une montagne.

— Allons ! répondit don Quichotte, la peur te le fera bientôt voir plus gros que la moitié du monde ! Laisse-moi seul, Sancho. Si je meurs ici, tu iras trouver Dulcinée et tu lui narreras mon trépas tout entier dédié à sa gloire.

À cela, il ajouta d'autres propos qui montraient qu'il ne renoncerait pas. Aussi Sancho pressa-t-il son âne et le charretier ses mules, pour s'éloigner le plus loin possible du chariot avant que les fauves ne sortent de leurs cages. Sancho pleurait, persuadé que, cette fois, son maître y laisserait la vie. Mais, tout en se lamentant, il n'oubliait pas de cravacher le grison à tour de bras pour le faire courir plus vite.

Quand le gardien vit que les autres

étaient loin, il tenta à nouveau de raisonner don Quichotte.

— Vous perdez votre temps, lui répondit le chevalier. Vous feriez mieux de vous dépêcher.

Tandis que le gardien ouvrait la première cage, don Quichotte songea qu'il lui vaudrait mieux livrer bataille à pied qu'à cheval dans la crainte que Rossinante ne prenne peur à la vue des lions. Aussitôt il sauta de cheval, jeta sa lance, dégaina son épée et, d'un pas assuré, alla se camper devant le chariot, en se recommandant à Dieu et à sa dame, Dulcinée.

Le gardien vit que don Quichotte s'était mis en position et qu'il devait lâcher un animal sous peine d'encourir sa colère. Il ouvrit donc à deux battants la première cage où se trouvait, comme on l'a dit, le lion mâle. Il était d'une grandeur démesurée et tout à fait terrible à voir. La première chose qu'il fit fut de se tourner et se retourner dans la cage où il était couché, puis de s'étendre de tout son long en étirant la patte et en desserrant ses griffes. Ensuite il ouvrit la gueule, bâilla, et, tirant dehors deux pieds de langue, il s'en frotta les yeux et s'en lava toute la face. Cela fait, il mit la tête hors de la cage, et regarda de tous côtés avec des yeux brillants comme deux charbons ardents.

Ce seul regard était capable de jeter l'effroi dans le cœur le plus téméraire. Don Quichotte observa l'animal attentivement, espérant vivement qu'il allait s'élancer hors de sa cage pour l'attaquer car il comptait le mettre en pièces entre ses mains.

Seulement, ce lion généreux était plus réservé qu'arrogant. Sans faire cas des enfantillages ni des rodomontades, il regarda d'un côté puis de l'autre comme on l'a déjà dit, avant de tourner le dos et de montrer son derrière à don Quichotte. Sur quoi, avec beaucoup de flegme et de nonchalance, il retourna se coucher dans la cage. Ce que voyant, don Quichotte demanda au gardien de le pousser avec un bâton et de l'exciter pour le faire sortir.

— Je n'en ferai rien, s'écria le gardien, car si je le provoque, je serai le premier qu'il mettra en pièces ! Que Votre Grâce

Pero el generoso león, más comedido que arrogante, no haciendo caso de niñerías ni de bravatas, después de haber mirado a una y otra parte, como se ha dicho, volvió las espaldas y enseñó sus traseras partes a don Quijote, y con gran flema y remanso se volvió a echar en la jaula. Viendo lo cual, don Quijote mandó al leonero que le diese de palos y le irritase para echarle fuera.

se contente de ce qu'elle a fait. Le lion a la porte ouverte, il est libre de sortir ou pas. Donc Votre Grâce a manifesté sa grandeur d'âme. Aucun brave n'est tenu de faire plus que de défier son ennemi et de l'attendre. Si le provoqué ne répond pas, l'infamie retombe sur lui. Et la victoire reste au combattant qui l'a attendu.

— C'est vrai, répondit don Quichotte. Referme la porte, mon ami, et ensuite tu me donneras un certificat expliquant ce que tu viens de me voir faire.

Le gardien ne se le fit pas dire deux fois. Don Quichotte accrocha au bout de sa lance le mouchoir avec lequel il avait essuyé le fromage blanc et se mit à rappeler ceux qui fuyaient.

En tournant la tête, Sancho aperçut le signal du mouchoir.

— Mon seigneur a vaincu les fauves ! Il nous appelle.

Il s'arrêta, imité par le charretier. Ils virent que c'était bien don Quichotte qui leur faisait des signes. Ils firent demi-tour pour revenir prudemment auprès du chariot. Quand ils arrivèrent, don Quichotte dit au charretier :

— Allons, brave homme, attelez vos mules et continuez votre voyage.

— Mais les lions, demanda Sancho, que sont-ils devenus ? Sont-ils morts ou vifs ?

Alors le gardien se mit à raconter la bataille par le menu en exagérant de son mieux la vaillance de don Quichotte.

— À la vue du chevalier, dit-il, le lion était tellement intimidé qu'il n'a pas osé sortir de la cage, bien que la porte en fût ouverte. Et ce n'est que contre sa volonté intime qu'il m'a enfin permis de refermer la porte comme je l'en priais expressément.

— Hein ! que t'en semble, Sancho ? s'écria don Quichotte. Les enchantements l'emportent-ils sur la véritable valeur ? Les enchanteurs peuvent m'ôter la chance mais pas le courage !

Le charretier attela ses bêtes et le gardien baisa les mains de don Quichotte en lui promettant de conter ce vaillant exploit au roi lui-même quand il le verrait à la cour.

— Si par hasard Sa Majesté demande qui

l'a accompli, reprit don Quichotte, vous lui direz que c'est le Chevalier des Lions. Je veux que ce nom remplace celui que j'ai porté jusqu'à présent de Chevalier à la Triste Figure.

Cela dit, le chariot reprit sa route avec son chargement, et don Quichotte et Sancho continuèrent la leur.

Aventure 12

Où on peut lire comment Sancho administra l'île qu'on lui avait confiée et de quelle façon prit fin son gouvernement.

Leur étoile et le hasard avaient mené Sancho et son maître sur les chemins de l'Aragon, quand, un jour, don Quichotte jeta la vue sur une verte prairie où il aperçut des chasseurs. Parmi eux, il remarqua une dame élégante montée sur une haquenée d'une parfaite blancheur. La dame était habillée de vert avec tant de goût et de richesse qu'elle semblait l'élégance en personne. Elle portait un faucon sur le poing, ce qui fit comprendre à don Quichotte que c'était une grande dame. Aussi dit-il à Sancho :

— Cours, mon fils, dire à cette dame que moi, le Chevalier des Lions, je baise les mains de sa grande beauté, et que, si elle me le permet, j'irai la servir de toutes mes forces.

Sancho mit son âne au trot et arriva bientôt près de la belle chasseresse. Il se mit à deux genoux devant elle, et lui dit :

— Noble dame, ce chevalier là-bas, appelé le Chevalier des Lions, m'envoie demander à Votre Grandeur qu'elle veuille bien lui permettre de servir votre haute et incomparable beauté.

— Relevez-vous, répondit la dame. Il n'est pas juste que l'écuyer d'un aussi grand chevalier, dont nous avons beaucoup entendu parler ici, reste à genoux. Vous irez dire à votre seigneur que nous le recevrons volontiers dans notre château, le duc mon époux et moi.

Sancho se releva, autant surpris de la courtoisie de la belle dame que de l'avoir entendue dire qu'elle connaissait son maître.

— Dites-moi, ajouta la duchesse, c'est bien au sujet de ce chevalier qu'il circule une histoire imprimée ? N'est-ce pas lui qui se nomme l'ingénieux hidalgo don Quichotte de la Manche ?

— Lui-même, madame, répondit Sancho, et son écuyer, dont votre histoire doit parler aussi, c'est moi, Sancho Pança, pour vous servir.

— Tout cela me réjouit fort, dit la duchesse. Allez et dites-lui que rien ne pourrait mieux me satisfaire que sa présence.

Sancho retourna tout joyeux près de son maître, auquel il rapporta tout ce qu'avait dit la grande dame. Don Quichotte se mit gaillardement en marche et, prenant un air dégagé, s'en alla baiser les mains de la duchesse. Entre-temps, elle avait fait appeler le duc son mari et lui avait raconté, tandis que don Quichotte venait à leur rencontre, l'ambassade qu'elle venait de recevoir. Tous deux connaissaient son humeur extravagante, aussi le reçurent-ils avec une extrême envie de le connaître et de se prêter à sa fantaisie en le traitant en chevalier errant.

— Monseigneur, dit don Quichotte en arrivant, je suis à votre service et à celui de madame la duchesse, digne souveraine de la beauté et princesse universelle de la courtoisie.

— Doucement, don Quichotte, dit le duc. Où règne madame Dulcinée du Toboso, il n'est pas juste de louer d'autre beauté.

Sancho prit la parole avant que son maître ne réponde :

— On ne peut nier, dit-il, que madame Dulcinée du Toboso ne soit extrêmement belle, mais j'ai entendu dire que la nature est comme un potier qui fait des vases de terre. Qui fabrique un beau vase peut aussi bien en faire deux, et trois et cent. Si je dis cela, c'est que madame la duchesse n'a rien à envier à notre maîtresse, Dulcinée du Toboso.

La remarque amusa beaucoup la duchesse qui répondit :

— On voit bien, Sancho, que vous avez appris à être courtois à l'école de la courtoisie même. Pour reconnaître vos politesses, le duc accomplira dès que possible la promesse qui vous a été faite en vous donnant le gouvernement d'une île !

Sur quoi, ils prirent tous ensemble le chemin du château. La duchesse fit marcher Sancho à côté d'elle car elle s'amusait beaucoup d'entendre ses remarques bouffonnes.

Comme ils avaient décidé de s'amuser à ses dépens, le duc et la duchesse s'empressèrent de préparer un plan et donnèrent des ordres à leurs gens et à leurs vassaux sur la manière d'agir avec l'écuyer. De telle sorte que dès le lendemain, le duc demanda à Sancho de faire ses préparatifs et de s'en aller au plus vite pour être gouverneur ; il ajouta que ses insulaires l'attendaient comme la pluie de mai.

Sans tarder plus, Sancho prit congé du duc, de la duchesse et de don Quichotte qui lui donna sa bénédiction les larmes aux yeux. Puis il partit, accompagné d'un grand cortège et monté sur un mulet. Derrière lui, par ordre du duc, marchait son âne, paré de harnais en soie tout flambant neufs.

Il arriva bientôt avec son cortège dans un bourg d'environ mille habitants qui, pour lui, devait être une île. On lui dit qu'elle s'appelait Barataria. Quand il parvint aux portes du village, le corps municipal sortit à sa rencontre. On sonna les cloches et, au milieu de l'allégresse générale, on le mena en grande pompe à l'église, rendre grâces à Dieu. Ensuite on lui remit les clefs du bourg et on l'intronisa comme gouverneur de l'île Barataria. Le costume, la barbe, la grosseur et la petite taille du nouveau gouverneur jetaient dans la surprise tous les gens qui ne savaient pas le fin mot de l'histoire, et même tous ceux, assez nombreux, qui le savaient. Finalement, au sortir de l'église, on le mena au tribunal, et on l'assit sur le siège du juge.

À ce moment, deux hommes entrèrent dans la salle d'audience. L'un était vêtu en paysan, l'autre en tailleur.

Le tailleur dit :

— Señor gobernador, yo y este hombre labrador venimos ante vuesa merced en razón que este buen hombre llegó a mi tienda ayer (que yo, con perdón de los presentes, soy sastre examinado, que Dios sea bendito), y, poniéndome un pedazo de paño en las manos, me preguntó : «Señor, ¿habría en este paño harto para hacerme una caperuza?» Yo, tanteando el paño, le respondí que sí; él debiose de imaginar, a lo que yo imagino, e imaginé bien, que sin duda yo le quería hurtar alguna parte del paño, fundándose en su malicia y en la mala opinión de los sastres; y replicome que mirase si habría para dos. Adivinele el pensamiento y díjele que sí; y él, caballero en su dañada y primera intención, fue añadiendo caperuzas, y yo añadiendo síes, hasta que llegamos a cinco caperuzas, y ahora en este punto acaba de venir por ellas; yo se las doy, y no me quiere pagar la hechura; antes me pide que le pague o vuelva su paño.

— Seigneur gouverneur, nous comparaissons, ce paysan et moi, devant Votre Grâce, parce que ce brave homme est venu hier dans ma boutique (pour ma part et j'en demande pardon à l'assistance, je suis maître tailleur, que Dieu soit béni !). M'ayant mis une pièce de tissu entre les mains, il m'a demandé : « Monsieur, y a-t-il dans ce tissu de quoi me faire un chaperon ? » Moi, j'ai mesuré la pièce et j'ai répondu que oui. En se fondant sur sa propre malice et sur la mauvaise réputation qu'ont les tailleurs, il a dû s'imaginer, à ce que je me suis imaginé, et je me suis imaginé juste, que je voulais sans doute voler une partie du tissu. Il m'a répondu de regarder s'il n'y en aurait pas pour en faire deux. J'ai deviné sa pensée et j'ai répondu que si. Alors, cet homme, s'en tenant à sa mauvaise opinion initiale, a ajouté des chaperons et moi des « oui », jusqu'à ce que nous arrivions à cinq chaperons. Il est venu les chercher à l'instant, je les lui ai donnés et lui ne veut pas me payer la façon. Au contraire, il me demande de lui payer son tissu ou de le lui rendre.

— Tout cela est-il vrai ? demanda Sancho au paysan.

— Oui, seigneur, répondit le bonhomme, mais que Votre Grâce lui fasse montrer les cinq chaperons qu'il m'a faits.

— Très volontiers, repartit le tailleur.

Et, tirant aussitôt la main de dessous son manteau, il montra cinq chaperons posés sur le bout des cinq doigts de la main.

— Voici, dit-il, les cinq chaperons que cet homme me réclame. Je jure en mon âme et conscience qu'après les avoir faits, il ne m'est pas resté du tout de tissu.

Toute l'assistance se mit à rire en voyant les petits chaperons. Sancho, lui, resta quelque moment à réfléchir avant de dire :

— Voici ma sentence : que le tailleur perde sa façon et le paysan son drap, et qu'on porte les chaperons aux prisonniers.

La sentence fit redoubler le rire des assistants. Mais aussitôt se présentèrent deux hommes d'un certain âge. L'un portait pour canne une tige de roseau creux. L'autre dit à Sancho :

— Seigneur, il y a déjà longtemps, j'ai

prêté à cet homme dix pièces d'or. Il a promis qu'il me les rendrait dès que je les lui demanderais. Le temps a passé et, voyant qu'il oubliait de s'acquitter de sa dette, je lui ai demandé mes dix pièces une et bien des fois. Mais lui ne me rembourse pas en disant que, si je lui ai prêté les pièces, il me les a rendues depuis longtemps. Je voudrais que Votre Grâce lui demande de prêter serment. S'il jure sur la croix qu'il me les a rendues, je l'en tiendrai quitte.

— Que répondez-vous à cela? demanda Sancho au vieillard au bâton.

— J'admets, seigneur, répondit ce dernier, qu'il me les a prêtées mais puisqu'il s'en remet à mon serment, je jurerai que je les lui ai rendues. Que Votre Grâce abaisse son sceptre de gouverneur.

Le gouverneur fit comme il demandait. Le vieillard au roseau donna sa canne à l'autre vieillard, en le priant, comme si elle l'avait beaucoup embarrassé, de la tenir tandis qu'il prêterait serment. Il étendit ensuite la main au-dessus de la croix fixée au bout du sceptre.

— Il est vrai que cet homme m'a prêté les dix écus, dit-il, mais je jure solennellement que je les lui ai remis de la main à la main. C'est parce qu'il n'y a pas pris garde qu'il me les réclame.

Le gouverneur alors demanda au créancier ce qu'il avait à répondre. L'autre repartit que son débiteur avait sans doute dit vrai, car il le tenait pour un homme de bien. Il ajouta que, désormais, il ne lui demanderait plus rien.

Le débiteur reprit sa canne et sortit de la salle d'audience.

Lorsque Sancho le vit partir ainsi, il inclina sa tête sur sa poitrine et resta quelque temps à rêver; puis il releva la tête et ordonna d'appeler le vieillard à la canne. On le ramena, et dès que Sancho le vit :

— Donnez-moi cette canne, brave homme, lui dit-il.

— Très volontiers, seigneur, répondit le vieillard, la voici.

Sancho la prit, et la tendant à l'autre vieillard :

— Tenez, lui dit-il, vous voilà payé.

— Qui, moi, seigneur? répondit le vieillard. Ce roseau vaudrait dix écus d'or?

— Oui, reprit le gouverneur, ou sinon je suis la plus grosse bête du monde. Et on va voir tout de suite si j'ai assez de cervelle pour gouverner un royaume entier.

Alors il ordonna qu'on brise la canne, ce qui fut fait, et, dans l'intérieur du roseau, on trouva les dix écus d'or. Tous les assistants furent émerveillés et tinrent leur gouverneur pour un nouveau Salomon. On lui demanda comment il avait deviné que les dix écus d'or se trouvaient dans le roseau. Il répondit qu'ayant vu le vieillard donner sa canne à la partie adverse pendant qu'il prêtait serment, il en avait conclu que les écus avaient changé de main à ce moment-là.

Sur quoi les deux vieillards s'en allèrent, l'un confus, l'autre remboursé, et tous les assistants restèrent dans l'admiration.

L'homme qui était chargé d'écrire les paroles et les actions du gouverneur s'empressa de tout noter dans le détail et d'envoyer aussitôt son rapport au duc qui l'attendait avec impatience.

L'histoire raconte qu'ensuite on conduisit Sancho à un somptueux palais, où, dans une grande salle, était dressée une table élégamment servie. Sancho, qui avait grand faim, s'y assit. Alors vint se mettre debout à ses côtés un personnage qui tenait à la main une baguette. Une espèce d'ecclésiastique donna sa bénédiction aux mets de toutes sortes dont la table était chargée. Sur quoi un page présenta à Sancho un plat de fruits. Mais à peine Sancho en eut-il pris une bouchée que l'homme toucha le plat de sa baguette et qu'on le desservit avec une vitesse merveilleuse. Le page approcha aussitôt un autre plat mais, avant que Sancho y ait porté seulement la main, déjà la baguette avait touché le plat, et le page l'avait emporté avec autant de promptitude que le précédent.

Quand Sancho vit cela, il resta d'abord immobile de surprise. Puis, regardant tous les assistants à la ronde, il demanda comment il devait s'y prendre pour manger ce dîner.

L'homme à la baguette répondit :

— Je suis, seigneur, le médecin attitré du gouverneur de cette île. Ma principale occupation est d'assister à ses repas, pour le laisser manger ce qui lui convient et lui défendre ce qui lui est nuisible. J'ai fait ôter le plat de fruits, parce qu'il s'agit d'aliments trop humides. Quant à l'autre mets, je l'ai fait enlever parce qu'il contient beaucoup d'épices qui excitent trop la soif.

— En ce cas, dit Sancho, ces appétissantes perdrix rôties ne peuvent me faire aucun mal !

— Le seigneur gouverneur ne mangera pas de ces perdrix tant que je serai vivant.

— Et pourquoi donc ? demanda Sancho.

— Pourquoi ? dit le médecin. Parce que notre maître, Hippocrate, l'a dit dans un aphorisme : « Toute indigestion est mauvaise, celle de perdrix, très mauvaise. »

— S'il en est ainsi, dit Sancho, que le docteur voie un peu, parmi tout ce qu'il y a sur la table, quel mets me fera le plus de bien ou le moins de mal, et qu'il veuille bien m'en laisser manger car je meurs de faim.

— Votre Grâce a raison, répondit le médecin. Aussi suis-je d'avis qu'elle ne mange point ces lapins en fricassée parce que c'est viande de bêtes à poil. Quant à ce veau, s'il n'était pas rôti, on pourrait y goûter mais il ne faut pas y songer.

Sancho dit alors :

— Ce grand plat d'où sort de la fumée, il me semble que c'est une olla-podrida*. Dans une olla-podrida, il y a tant de choses différentes que je ne peux pas manquer d'en trouver une qui soit bonne au goût et à la santé.

— Loin de nous semblable pensée ! s'écria le médecin. Rien au monde ne se digère plus mal ! C'est bon pour les estomacs de chanoines, mais qu'on en délivre les tables des gouverneurs ! Ce que monseigneur doit manger pour conserver sa santé, ce sont quelques tranchettes de pain sans levain ni

* Ragoût de viandes diverses et de légumes qui ont cuit ensemble.

sel et trois ou quatre lichettes de pâte de coings, bien minces.

Quand Sancho entendit cela, il se rejeta contre le dossier de sa chaise, fixa le médecin et lui demanda d'un ton grave comment il s'appelait et où il avait étudié.

— Seigneur, répondit ce dernier, je suis le docteur Pedro Recio de Aguero et j'ai obtenu mon doctorat à l'université d'Osuna.

— Eh bien ! s'écria Sancho tout enflammé de colère, docteur Pedro Recio de mauvais augure, ôtez-vous de devant moi, et vite, ou sinon, je prends un gourdin et, en commençant par vous, je ne laisse pas un seul médecin vivant dans l'île entière !

Le docteur s'épouvanta en voyant le gouverneur si fort en colère ; il voulait s'en aller mais, à ce même instant, on entendit sonner dans la rue un cornet de postillon. Le maître d'hôtel courut à la fenêtre et dit en revenant :

— Voici qu'arrive un courrier du duc, monseigneur. Il apporte sans doute quelque dépêche importante.

Le courrier entra, haletant de fatigue. Il

remit un pli au gouverneur que ce dernier passa aux mains du majordome en lui ordonnant de le lire. Voici ce qu'écrivait le duc :

Il est venu à ma connaissance que des ennemis doivent attaquer l'île que vous gouvernez, je ne sais quelle nuit. Ayez soin de rester sur le qui-vive afin de n'être pas pris au dépourvu. Je sais aussi que des personnes malveillantes sont entrées dans votre ville pour vous ôter la vie. Ne mangez rien de ce qu'on vous présentera. Je vous porterai secours si vous êtes en péril mais je sais que vous agirez comme on l'attend de votre intelligence.

Votre ami, le duc.

Sancho demeura frappé de stupeur, et les assistants montrèrent un saisissement égal. Alors, le majordome lui dit :

— Il me semble que Votre Grâce fera bien de ne rien manger de ce qui est sur cette table.

— J'en suis d'accord, répondit Sancho. Qu'on m'apporte un gros morceau de pain et quatre ou cinq livres de raisin, où l'on ne peut avoir mis du poison, car je ne peux pas vivre sans manger. En outre, s'il faut nous tenir prêts pour ces batailles qui nous menacent, il faut être bien restauré. Vous, secrétaire, répondez au duc mon seigneur en lui disant qu'on fera tout ce qu'il commande. Vous ferez de ma part un baisemain à madame la duchesse. Et chemin faisant, vous pourrez enchâsser dans la lettre un baisemain à mon seigneur don Quichotte, qu'il voie que je suis reconnaissant. Et maintenant, qu'on me donne à manger !

Plusieurs jours se passèrent de la sorte, à manger peu, à dormir moins encore, et mal. Sancho, toutefois, continua de prendre très au sérieux sa fonction de gouverneur. Il se montra assidu au tribunal, démêla plusieurs autres affaires compliquées et rendit des jugements tout à fait dignes de louanges mais que nous n'avons pas la place de raconter ici.

Vint une nuit — c'était la cinquième que Sancho passait dans son île — où, chacun s'étant équipé pour la ronde, le gouverneur sortit avec le majordome, le secrétaire, le maître d'hôtel, le chroniqueur chargé de mettre par écrit ses faits et gestes, et une petite foule de gens de justice et de curieux. Sancho marchait au milieu d'eux, tout à fait beau à voir. Ils avaient à peine traversé quelques rues qu'ils tombèrent sur un archer de la maréchaussée qui tenait un jeune homme au collet.

— Seigneur gouverneur, dit-il, ce garçon venait de mon côté mais, dès qu'il m'a aperçu, il a tourné les talons et s'est mis à détaler comme un daim, signe certain que c'est un délinquant. Je l'ai poursuivi et, par chance, je l'ai rattrapé.

— Pourquoi fuyais-tu, jeune homme? demanda Sancho.

— Seigneur, répondit le garçon, c'était pour éviter de répondre aux nombreuses questions que posent les gens de justice.

— Quel est ton métier?

— Tisserand.

— Fort bien. Mais où allais-tu maintenant?

— Prendre l'air, seigneur.

— Et où prend-on l'air dans cette île?

— Où il souffle.

— Tu as de l'esprit, jeune homme, dit Sancho. Fort bien ! Alors, imagine-toi que je suis l'air et que je te pousse à la prison. Holà ! qu'on l'emmène ! Je le ferai dormir là cette nuit !

— Pardieu ! reprit le jeune homme. Votre Grâce ne me fera pas plus dormir dans la prison qu'elle ne me fera roi.

— Et pourquoi ne te ferais-je pas dormir dans la prison ? demanda Sancho. N'ai-je pas le pouvoir de t'y faire mener et garder autant qu'il me plaira ?

— Quel que soit le pouvoir de Votre Grâce, dit le jeune homme, il ne suffira pas pour me faire dormir dans la prison.

— Comment non ? répliqua Sancho. Emmenez-le vite, et gare au geôlier s'il te laisse faire un pas hors de sa cellule !

— Je défie tous les habitants de la terre de me faire dormir en prison, dit le jeune homme.

— Dis-moi, démon, s'écria Sancho, as-tu quelque ange à ton service pour te tirer de là ? Quelque sortilège ?

— Supposons que Votre Grâce m'envoie en prison, dit le jeune homme, et même qu'on m'y mette des fers. Avec tout ça, si je veux rester éveillé toute la nuit, Votre Grâce pourra-t-elle me faire dormir contre mon gré ?

— Non ! s'écria le secrétaire. Voilà qui est bien répondu !

Sancho demeura pensif un moment.

— Si vous restez sans dormir, dit-il enfin, sera-ce pour faire votre volonté et non pour désobéir à la mienne ?

— Désobéir ! non ! répondit le jeune homme, je n'en ai pas même la pensée.

— Eh bien ! va avec Dieu, continua Sancho. Retourne dormir chez toi, et que Dieu te donne bon sommeil car je ne veux pas te l'ôter. Mais je te conseille de ne plus plaisanter avec la justice car tu pourrais, un beau jour, tomber sur un de ses représentants qui te donnerait sur les oreilles.

Le jeune homme se le tint pour dit et s'en fut.

Ainsi se termina la ronde de cette nuit.

Deux jours après prit fin le gouvernement de Sancho car croire que, dans cette vie, les choses doivent toujours durer dans le même état, c'est croire l'impossible. Au contraire, le printemps succède à l'hiver, l'été au printemps, l'automne à l'été, l'hiver à l'automne ; et le temps tourne ainsi sur cette roue perpétuelle.

La septième nuit de son gouvernement, Sancho était au lit, rassasié, non pas de pain et de vin, mais de rendre des sentences, de donner des avis, d'établir des statuts et de promulguer des décrets. Au moment où le sommeil commençait, en dépit de la faim, à lui fermer les paupières, il entendit un si grand tapage de tintements et de cris, qu'on aurait dit que l'île s'écroulait. Bientôt, au bruit des voix et des cloches se joignit celui d'une infinité de trompettes et de tambours.

Plein de trouble et d'épouvante, Sancho sauta du lit, enfila des pantoufles à cause de l'humidité du sol et, sans mettre ni robe de chambre ni rien qui y ressemble, il courut à la porte de son appartement. Il vit venir par les corridors plus de vingt personnes tenant à la main des torches allumées et des épées nues. Elles criaient toutes :

— Aux armes, seigneur gouverneur ! Une

infinité d'ennemis ont pénétré dans l'île, et nous sommes perdus si votre adresse et votre valeur ne nous portent pas secours.

Avec ce tapage, ils arrivèrent où était Sancho, plus mort que vif de ce qu'il voyait et entendait.

— Que Votre Seigneurie s'arme vite, lui dit l'un d'eux, si elle ne veut se perdre et perdre l'île entière en même temps.

— Qu'ai-je à faire de m'armer? répondit Sancho, et qu'est-ce que j'entends en fait d'armes et de bataille? Il vaut bien mieux laisser ces choses à mon maître don Quichotte, qui nous tirera d'affaire en deux tours de main.

— Holà! seigneur gouverneur, s'écria un autre sans l'écouter, armez-vous bien vite et soyez notre capitaine puisqu'il vous appartient de l'être en tant que notre gouverneur!

— Eh bien! qu'on m'arme donc s'il le faut, et à la bonne heure! répliqua Sancho.

Aussitôt on apporta deux grands boucliers; sur sa chemise, sans lui laisser prendre aucun autre vêtement, on lui en attacha un devant et l'autre derrière. On lui fit passer les bras par des ouvertures qui avaient été pratiquées, et on le lia solidement avec des cordes, de telle façon qu'il resta claquemuré entre deux planches, sans pouvoir plier les genoux ni se déplacer d'un pas. On lui mit dans les mains une lance, sur laquelle il s'appuya pour pouvoir se tenir debout.

Quand il fut arrangé de la sorte, on lui dit de marcher devant pour guider et animer tout le monde, et que, tant qu'on l'aurait comme chef, les affaires finiraient par tourner bien.

— Comment diable pourrais-je marcher, malheureux que je suis, répondit Sancho alors que je ne peux seulement pas jouer des rotules ?

— Allons donc, seigneur gouverneur, dit un autre, remuez-vous ! Le nombre des ennemis grossit et le péril s'accroît.

À ces reproches, le pauvre gouverneur essaya de remuer mais ce fut pour faire une si lourde chute tout de son long, qu'il crut qu'il était mis en morceaux et resta comme une tortue sur le dos. Pour l'avoir vu ainsi tomber, les moqueurs n'en eurent pas plus de compassion. Au contraire, éteignant leurs torches, ils se mirent à crier de plus belle, à appeler aux armes, à passer et repasser sur le pauvre Sancho, en frappant les boucliers d'une multitude de coups d'épée, si bien que, s'il n'avait pas recroquevillé son cou jusqu'à mettre aussi la tête entre les boucliers, il aurait fini par prendre un mauvais coup.

Sancho, piétiné par une infinité de pieds, entendait et souffrait tout cela. Il disait entre ses dents :

— Oh! si le Seigneur voulait donc permettre qu'on achève de prendre cette île et que je sois mort ou délivré de cette angoisse!

Le ciel accueillit sa prière et, au moment où il l'espérait le moins, il entendit des voix qui criaient :

— Victoire! les ennemis battent en retraite! Allons, seigneur gouverneur, levez-vous! Venez savourer le triomphe acquis sur l'ennemi par votre invincible bras.

— Qu'on me relève, dit Sancho d'une voix défaillante.

On l'aida à se mettre debout et, dès qu'il fut sur pied, il dit :

— Je ne veux revendiquer aucun triomphe sur des ennemis mais seulement prier quelque ami, si par hasard il m'en reste, de me donner un doigt de vin, car je suis desséché.

On l'essuya, on lui apporta du vin, on détacha les boucliers. Sancho s'assit sur son lit, et s'évanouit aussitôt de la peur qu'il avait endurée. Déjà les plaisantins commençaient à regretter d'avoir poussé le jeu si loin mais Sancho, en revenant à lui, calma leur inquiétude. Il demanda l'heure qu'il était. On lui répondit que le jour commençait à poindre. Sans dire un mot de plus, il commença à s'habiller.

Les assistants attendaient de voir où mènerait cette hâte que Sancho mettait à s'habiller. Il acheva de se vêtir et, lentement car il était fourbu, il gagna l'écurie, où le suivirent tous ceux qui se trouvaient là. Il s'approcha de son âne gris, le prit dans ses bras, lui donna un baiser de paix sur le front, et lui dit, les yeux mouillés de larmes :

— Viens ici, mon ami, qui m'aides à supporter mes misères. Quand je n'avais pas d'autres soucis que ceux de raccommoder tes harnais et de te donner de quoi subsister, mes jours étaient heureux ! Mais, depuis que je me suis élevé sur les tours de l'ambition, il m'est entré dans l'âme mille misères, mille souffrances et quatre mille inquiétudes.

Tout en tenant ces propos, Sancho bâta et brida son âne puis, sans que personne dise un seul mot, il lui grimpa à grand-peine sur le dos.

S'adressant alors à tous ceux qui se trouvaient présents, il dit :

— Faites place et laissez-moi retourner à mon ancienne liberté. Je ne suis pas né pour être gouverneur, ni pour défendre des îles. Je m'entends mieux à manier la pioche, à mener la charrue, à tailler la vigne. Je vous souhaite le bonsoir et vous prie de dire au duc que je suis entré dans ce gouvernement sans le sou et que j'en ressors sans le sou, à l'inverse de ce que font d'habitude les gouverneurs. Écartez-vous, et laissez-moi m'en aller ! Je vais aller chez le duc et lui rendre mes comptes. D'ailleurs, puisque je sors de ce gouvernement tout nu, il n'est pas besoin d'autre preuve pour justifier que j'ai gouverné comme un ange.

— Pardieu ! Sancho a raison ! s'écria le majordome. Laissons-le aller car le duc sera enchanté de le revoir.

Tous les autres furent d'accord. Ils le laissèrent partir après avoir offert de le pourvoir de tout ce qu'il pourrait désirer pour son voyage. Sancho répondit qu'il ne voulait qu'un peu d'orge pour le grison, et un demi-fromage avec un demi-pain pour lui. Le chemin étant si court, dit-il, il ne lui fallait ni plus amples ni meilleures provisions.

Tous l'embrassèrent, et lui les embrassa tous en pleurant, et il les laissa aussi émerveillés de ses propos que de sa dernière résolution, si énergique et si raisonnable.

Aventure 13

Où l'on traite de la dernière aventure de don Quichotte, de son retour au village et de sa mort.

Ce jour-là, ils avançaient dans une plaine, don Quichotte chevauchant devant, tout en armes selon son habitude, Sancho, de peu derrière, sur son grison, quand ils virent venir un cavalier. La vue portait loin, aussi fallut-il un certain moment avant qu'ils puissent distinguer qu'il était, lui aussi, armé de pied en cap, avec une lune peinte sur son écu.

Une fois assez près pour être entendu, il cria à don Quichotte :

— Insigne Chevalier des Lions dont les prouesses sont fameuses, je suis le Chevalier de la Blanche Lune dont l'écho des exploits est sans doute arrivé jusqu'à tes oreilles. Je viens me mesurer avec toi afin de te faire confesser que la dame de mes pensées, quelle qu'elle soit, est infiniment plus belle que ta Dulcinée du Toboso. Si tu le reconnais d'emblée, tu t'épargneras la défaite, la mort peut-être. Sinon, nous combattrons et, si je suis vainqueur, je ne demanderai qu'une chose de toi, c'est que, déposant ton épée et renonçant à toute aventure, tu demeures un an entier au repos chez toi. Si je suis vaincu, ma tête sera à ta merci et mes armes et mon cheval seront tes dépouilles. Vois ce qui te convient le mieux et réponds-moi !

Don Quichotte resta stupéfait face à tant d'arrogance. Puis il répondit, d'une voix ferme et posée :

— Chevalier, j'oserais le jurer, tu n'as jamais vu l'illustre Dulcinée, sans quoi tu admettrais sans réserve qu'il n'y a jamais eu et qu'il n'existe pas de beauté qui puisse se comparer à la sienne. Aussi ne puis-je affirmer que tu mens, puisque tu ignores la vérité. Cela dit, j'accepte ton défi. Prends donc du champ, je vais en faire de même. Et à qui Dieu donne son aval, que saint Pierre le bénisse !

Don Quichotte recommanda son cœur à sa Dulcinée comme il avait coutume de le faire.

Sin tocar trompeta ni otro instrumento bélico que les diese señal de arremeter, volvieron entrambos a un mesmo punto las riendas a sus caballos, y, como era más ligero el de la Blanca Luna, llegó a don Quijote a dos tercios andados de la carrera, y allí le encontró con tan poderosa fuerza, sin tocarle con la lanza (que la levantó, al parecer, de propósito), que dio con Rocinante y con don Quijote por el suelo una peligrosa caída. Fue luego sobre él, y, poniéndole la lanza sobre la visera, le dijo :

—Vencido sois, caballero, y aun muerto, si no confesáis las condiciones de nuestro desafío.

Don Quijote, molido y aturdido, sin alzarse la visera, como si hablara dentro de una tumba, con voz debilitada y enferma, dijo :

—Dulcinea del Toboso es la más hermosa mujer del mundo y yo el más desdichado caballero de la tierra, y no es bien que mi flaqueza defraude esta verdad; aprieta, caballero, la lanza, y quítame la vida, pues me has quitado la honra.

Sans que sonne une trompette ni un autre instrument guerrier pour leur donner le signal, ils firent tourner bride à leurs chevaux en même temps. Mais comme son coursier était plus rapide, le Chevalier de la Blanche Lune atteignit don Quichotte aux deux tiers du champ. Là, sans pourtant le toucher de sa lance, qu'il semblait avoir relevée exprès, il le heurta si violemment qu'il jeta Rossinante et don Quichotte au sol de façon très impressionnante.

Déjà le Chevalier de la Blanche Lune était sur lui, et posant le fer de sa lance sur la visière de son casque, il disait :

— Tu es vaincu, chevalier, et mort, même, si tu ne te conformes pas aux conditions de notre défi.

Don Quichotte, tout étourdi et moulu par sa chute, répondit sans relever son casque, d'une voix triste et faible, comme s'il parlait du fond d'un sépulcre :

— Dulcinée du Toboso est la plus belle femme du monde, dit-il, et moi le chevalier le plus malheureux de la terre; il n'est pas bon que la faiblesse de mon bras nuise à cette

vérité. Pousse ta lance, chevalier, et ôte-moi la vie après que tu m'as ôté l'honneur.

En entendant cela, Sancho qui était accouru au secours de son maître poussa un cri et se jeta à genoux aux pieds du chevalier, qui se trouvèrent être ceux de son cheval, en le priant de lui faire grâce.

Sans lui prêter attention, le Chevalier de la Blanche Lune :

— Je n'en ferai rien ! déclara-t-il. Que vive la gloire de Dulcinée du Toboso ! Tout ce que je demande, c'est que don Quichotte se retire chez lui pour le temps dont nous étions convenus.

— Tant qu'on n'exige rien qui porte atteinte à la renommée de Dulcinée, répondit don Quichotte, je consens à tout.

Cette promesse faite et reçue, le Chevalier de la Blanche Lune tourna bride et s'en fut, sans rien dire d'autre et sans que jamais don Quichotte ni Sancho sachent qui il était.

Si notre lecteur est assez sagace, il aura peut-être deviné que sous l'armure du mystérieux Chevalier de la Blanche Lune se cachait... un nouveau stratagème du curé et du barbier, maître Nicolas. Plus que jamais, ils demeuraient convaincus que la guérison de don Quichotte exigeait qu'il reste au repos chez lui. Or il se trouvait que le curé avait un neveu nommé Carrasco, qui était jeune et robuste. L'idée leur était donc venue que Carrasco irait défier don Quichotte et, l'ayant battu, le renverrait dans ses foyers. Comme nous venons de le voir, le jeune homme avait rempli son rôle à merveille selon le plan de son oncle et du barbier.

D'une ville voisine, on avait aperçu le combat que don Quichotte venait de livrer et l'issue qu'il avait eue. Aussi accourut-on à l'aide. On releva don Quichotte et on lui découvrit le visage qu'il avait pâle, couvert de sueur. Rossinante avait été si maltraité qu'il ne parvenait pas à se remettre sur ses jambes. Sancho, l'oreille basse et la larme à l'œil, ne savait que faire ni que dire. Il lui semblait que cette aventure était un mauvais rêve. Si son maître demeurait chez lui, cela signifiait la fin des rêves de gloire et de richesse. Ses espérances de changer de condition s'étaient évanouies comme fumée s'effiloche au vent. Encore heureux si son maître, outre qu'il avait perdu la cervelle, n'en sortait pas les membres disloqués !

On porta don Quichotte dans une chaise jusqu'à la ville. Six jours il dut garder le lit, marri, désolé et pensif. Ses blessures et ses contusions s'étaient révélées légères, mais il ne cessait de ruminer des idées sombres, l'humeur noire et mélancolique, songeant sans répit à sa défaite.

Pour le consoler, Sancho lui disait :

— Allons, seigneur, reprenez-vous ! Et au lieu de vous désoler, rendez plutôt grâce au Ciel de vous en être tiré sans dommage grave. Tel qui pleure vendredi rira dimanche ! Surtout que le perdant dans l'affaire, c'est moi. Car si mon expérience de l'île m'a ôté l'envie d'être encore gouverneur, j'avais toujours le désir de devenir comte ou marquis quand vous seriez roi ou empereur.

Finalement, au bout du sixième jour, don Quichotte se trouva en état de remonter sur Rossinante qui, lui, se trouva en état de le porter de nouveau. Il s'en alla désarmé, en habit de voyage, Sancho suivant à pied car le grison portait l'armure et les armes sur son dos.

Ils prirent donc le chemin de leur village et cheminèrent sans que rien de notable ne leur arrive. Peut-être, sans la promesse qu'il avait faite, don Quichotte aurait-il trouvé une occasion d'aventure, mais comme il devait ne pas même y songer, il restait enfermé dans ses idées noires et ne parlait pas de tout le jour. Sancho, de son côté, avait assez à se plaindre de l'incommodité qu'il y avait à aller à pied pour ne pas être en mesure de faire la conversation.

Enfin, du haut d'une colline, ils purent apercevoir les maisons du village, ce qui indiquait que ce morne voyage touchait à son terme.

Comme ils entraient dans le pays, don Quichotte vit deux petits garçons qui se querellaient. Et l'un d'eux dit à l'autre :

— Tu auras beau faire, tu ne la reverras ni de ta vie ni de tes jours.

— Ami Sancho, dit alors don Quichotte,

as-tu pris garde à ces paroles : «Tu ne la reverras de tes jours»?

— Eh bien! dit Sancho, qu'importe que cet enfant ait dit cela?

— Ne vois-tu pas que cette phrase s'applique à ma situation et que, de mes jours, je ne reverrai Dulcinée.

Sancho allait répondre quand un lièvre poursuivi par des lévriers vint, à bout de souffle, trouver refuge entre les pattes de son grison. Sancho le saisit à la main et le montra fièrement à son maître qui se borna à répéter :

— Encore un mauvais présage! Le lièvre est à bout, comme moi! C'en est fait et bien fait, jamais je ne reverrai Dulcinée.

Et rien, aucun des arguments de Sancho, de tout le temps qu'ils mirent pour arriver au village, ne put le faire en démordre. En entrant dans le village ils trouvèrent le curé qui lisait son bréviaire en compagnie de son neveu, Carrasco.

Don Quichotte descendit de cheval pour embrasser ses vieux amis qui l'accompagnèrent jusqu'à sa maison. Sur le pas de la porte ils trouvèrent la nièce et la gouvernante, qui prévenues par la rumeur publique se tenaient déjà là.

Et soudain parut telle une folle, échevelée et demi-nue, rien moins que Térésa Pança, la femme de Sancho, qui traînait sa fille Sanchica par la main. Voyant que son mari n'était pas attifé ainsi qu'on l'escompte en général d'un duc ou d'un gouverneur, elle cria :

— Eh mon mari, comme vous voilà ! Il semble que vous venez à pied, les pattes enflées tel un chien errant ! À vous voir, vous avez plus la mine de qui a perdu sa gouverne que d'un gouverneur !

— Tais-toi, Térésa, répondit Sancho, que souvent là où il y a des piquets il n'y a pas de vigne ! Viens chez nous et tu y entendras des merveilles !

Il calma la petite Sanchica qui ne cessait de demander ce qu'il lui avait rapporté et, tandis que la gamine se suspendait à sa ceinture de cuir, il prit sa femme par les épaules, l'âne par le licou et tous quatre s'en furent à la maison, laissant don Quichotte s'en aller dans la sienne, au pouvoir de sa nièce et de sa gouvernante.

Une fois là, don Quichotte dit à ses deux amis l'engagement qu'il avait pris, après sa défaite, de ne plus sortir de chez lui d'un an et ajouta qu'il comptait s'y tenir. Après l'avoir fortement encouragé à s'en tenir à sa parole, le curé et Carrasco prirent congé de lui, en le priant de prendre bien soin de sa santé.

Dès qu'ils furent sortis, don Quichotte demanda :

— Menez-moi au lit car il semble que je ne sois pas bien portant.

Et les deux bonnes filles le mirent au lit et le choyèrent du mieux qu'elles le purent.

Seulement, les choses humaines ne sont pas éternelles et vont toujours en déclinant, de leur origine à leur fin dernière, en particulier les vies des hommes. Don Quichotte n'avait reçu du Ciel aucun privilège pour arrêter le cours de la sienne en sorte que sa fin et son trépas survinrent quand il y pensait le moins. À cause de la mélancolie que lui procurait le sentiment de sa défaite ou parce que le Ciel l'ordonnait ainsi, il fut pris d'une forte fièvre qui le tint alité six jours entiers.

On fit venir le médecin qui lui prit le pouls et, ne le trouvant pas bon du tout, déclara :

— Il faut penser au salut de l'âme car le corps est en danger.

Don Quichotte prit cet avis avec le plus grand calme et beaucoup de sérénité. Mais il n'en fut pas de même pour sa nièce, sa gouvernante et son écuyer qui se mirent à pleurer comme s'il était déjà mort. Alors, don Quichotte demanda qu'on le laisse car il voulait dormir un peu. Il passa six heures dans ce sommeil, si bien que la gouvernante commença à redouter qu'il n'en ressorte jamais.

Il s'éveilla pourtant et dit :

— Grâce à Dieu, ma nièce, je me sens l'esprit libre et la raison claire, dégagés des ombres épaisses dont les avait enveloppés la lecture de tous ces exécrables livres de chevalerie.

La nièce n'osait pas en croire ses oreilles, mais don Quichotte continua :

— Qu'on aille chercher mes amis, ma chère nièce. Car je voudrais mourir de telle façon que, si mauvaise qu'ait été ma vie, je ne laisse pas une réputation de folie.

La nièce n'eut pas la peine de les faire chercher car le curé, son neveu et le barbier entrèrent tous trois.

— Mes amis, félicitez-moi de ce que je ne suis plus don Quichotte de la Manche. J'ai pris en haine les histoires de la chevalerie errante et reconnais mes sottises.

Ses amis redoutant quelque nouvelle folie, Carrasco lui dit :

— Comment, seigneur, avez-vous oublié qu'il vous reste la tâche de désenchanter mademoiselle Dulcinée ?

— Je sens que je vais à grands pas vers mon heure dernière, répondit don Quichotte, il n'est plus temps de rire. Que le prêtre me confesse et qu'on cherche un notaire, pour mon testament.

Alors, commençant à croire qu'il était revenu à son bon sens, le curé fit retirer tout le monde et resta seul afin de le confesser. Pendant ce temps, le barbier alla quérir le notaire qu'il ramena en même temps que Sancho Pança.

Le pauvre Sancho, trouvant la nièce et la gouvernante en pleurs, se mit à verser des larmes. Le curé de la chambre sortit en disant :

— Sa folie lui a tout à fait passé. Qu'il fasse son testament.

Le notaire entra donc et on rédigea le testament. Quand il eut réglé toutes ses affaires comme on le fait en ces circonstances-là, il se tourna vers Sancho et lui dit :

— Pardonne-moi, ami Sancho, l'occasion que je t'ai donnée de paraître aussi fou que moi.

— Hélas, hélas, seigneur, dit Sancho, suivez mon conseil et ne mourez pas, car la plus grande folie que puisse faire un homme en cette vie c'est de mourir. Allons, ne faites pas le paresseux ! Levez-vous de ce lit et gagnons les champs ainsi que nous en étions convenus. Et si c'est le chagrin d'avoir été vaincu qui vous tue, n'hésitez pas à tout me mettre sur le dos en disant que j'avais mal sellé Rossinante.

— Mon ami, dans les nids de l'an dernier ne nichent pas d'oiselets de l'année. J'ai été fou mais désormais je suis sage. Puisse mon repentir me rendre l'estime que tous éprouvaient jadis pour moi.

Après quoi il signa et cacheta son testament, puis, atteint d'une défaillance, il dut se remettre au lit.

Il demeura ainsi trois jours à aller mal, pendant lesquels il fut souvent pris d'évanouissements qui mirent la maisonnée en émoi.

Et la dernière heure de don Quichotte arriva. Le notaire qui était présent affirma que jamais il n'avait lu dans un livre qu'un chevalier errant soit mort aussi sereinement.

Telle fut la fin de l'ingénieux don Quichotte de la Manche. On ne mentionnera pas ici les pleurs de sa nièce et de la gouvernante ni ceux du fidèle Sancho, pas plus que les regrets qu'il laissa à tous ses amis.

On dira simplement que le neveu du curé fit mettre sur son tombeau cette épitaphe :

« Ci-gît l'hidalgo redoutable qui poussa si loin sa vaillance qu'il brava l'univers entier et fut l'épouvantail du monde. Mais ce qui assura sa félicité fut de mourir sage ayant vécu fou. »

Michel Laporte

L'auteur est né le 2 juin 1950 à Rodez, dans l'Aveyron. Cela fera bientôt vingt-cinq ans qu'il se consacre exclusivement à l'écriture.

En fait, s'il écrit pour les jeunes lecteurs, c'est qu'il partage leurs goûts : il aime la mythologie, les contes, les civilisations qui gardent leurs mystères, l'histoire quand elle pose plus de questions qu'elle ne donne de réponses. Sans parler des aventures policières pour peu qu'elles soient dépaysantes et qu'elles laissent sa part au rêve.

Du même auteur :

10 contes des Mille et une nuits (Castor Poche n° 772)
6 récits de Babylonie (Castor Poche n° 850)
Maître Wen, L'Enigme du fleuve (Castor Poche n° 893)
Maître Wen, Drôles de rencontres
(Castor Poche n° 894)
Maître Wen, Madame Tchou a disparu
(Castor Poche n° 917)
Maître Wen, La Revanche du tigre aux yeux d'or
(Castor Poche n° 925)
Maître Wen, Menace sur l'Empire Song
(Castor Poche n° 963)

Maître Wen, Fée-de-la-lune (Castor Poche n° 977)
12 récits de l'Iliade et l'Odyssée (Castor Poche n° 982)
11 contes de l'Égypte ancienne (Castor Poche n° 1001)
12 récits et légendes de Rome (Castor Poche n° 1010)
Les 7 Merveilles du monde (Castor Poche n° 1019)
12 histoires d'amour célèbres (Castor Poche n° 1061)

L'Empire entre les fleuves 1, Le Mage de l'Euphrate
L'Empire entre les fleuves 2, La Petite Fée du Nil
L'Empire entre les fleuves 3, Le Fils du Tigre

Le Grand Monde de la mythologie

Cet
ouvrage,
le mille soixante-douzième
de la collection
CASTOR POCHE,
a été achevé d'imprimer
sur les presses de l'imprimerie
Maury Eurolivres
Manchecourt – France
en mai 2008.

Dépôt légal : juin 2008.
N° d'édition : L.01EJEN000220.N001. Imprimé en France.
ISSN : 0763-4497
Loi n° 49-956 du 16 juillet 1949
sur les publications destinées à la jeunesse